チワワ・シンドローム

大前粟生

文藝春秋

目次

チワワ・シンドローム

第１章　チワワテロ

朝から複数のグループ面接をこなし、今は五分程度の小休憩の時間だった。他の面接官たちが、今年はパッとしないですよね、年々若い子たちの考えがわからなくなる、扱いづらいよね、などと言い合うのを横目に、田井中琴美《たいなかことみ》はグレーのスーツのポケットの中で、隠すようにスマホを開いた。

ＬＩＮＥを確認すると、三枝新太《さえぐさあらた》からメッセージが来ていた。他の面接官たちの目を盗んで、返信を素早く打ち込む。

新太とはマッチングアプリで知り合った。初めて会ったのが4月の終わりだったから、休みの日にお茶したり、電話をしたり、こうしたたわいのないメッセージのやりとりをするようになって、三か月近くが経つ。

琴美は、私たちって良い感じなんじゃないか、とにやけた。なにせ、「暑くなってくるとついコンビニでアイス買っちゃいますよね」という話題だけで、もう三日もやりとりを続けているのだ。他の人が見たら呆れるくらい平凡な内容でこんなに盛り上がれるなんて、私と新太さんはきっと相性が良いんだろう。仕事中でさえ彼のことが気になってしまう。ここ最近の琴美の生活は、新太を中心に回っていると言ってもいいくらいだった。

それからなんの気なしにXを見ると、数分前にミアが投稿していた。

〈今日は22時から生配信の予定でーす。だからそれまではみんな、今日一日を私といっしょにがんばろうね〉

親友である穂波《ほなみ》実杏《あ》は、「ミア」という名前でインフルエンサーとして活動をしている。

ノックの音が会議室に響き、慌ててスマホを仕舞《しま》った。「失礼致します」という硬い声と共に、不慣れなスーツを着た学生たちが入室する。ぎこちない笑みを浮かべる彼ら彼女らを前にすると、緊張がこちらにまでうつってくる。

浮かれるのはほどほどにして、今は、この人たちと向き合わないと。

今日はこれからまだ、何十名もの学生たちの選考が続くのだった。

入社三年目で二五歳の琴美は、渋谷の高層ビルの二三階から二七階に居を構える大手人材サービス会社Gofeat《ゴーフィート》の会議室で、新卒採用のための面接官をしていた。

Gofeatは学生たちに人気のエントリー先のひとつで、ここに就職することはそれなりのステータスだとみなされている。琴美が就職できたのは、ただ運が良かったとしか言えない。

優柔不断で、自信がなくて、なんの取り柄もない自分がこんな大手で働けているなんて、未だになにかの間違いなんじゃないかと思う。

人事部に配属されて三年になる。面接官として選考の場に立ち会うのは今年からだったが、その重責になかなか慣れることができないでいた。学生たちの将来を左右し得るのだから、精神的にきつい仕事だ。でも、次のグループの面接を終える頃には、また新太からの返信が来ているかもしれない、それに今日はミアの配信があるから、耐えられる。

一次面接は17時近くになって終了した。

優秀な学生もたくさんいたし、一発芸のようなものを披露する人までいたが、強く印象に残った学生は三人だった。

ひとり目の学生は、教授からパワハラを受けていた、と語った。

ふたり目の学生は、中学生の時うつ病を患った、と。

三人目の学生は、汚染された大気のことを考えると体調を崩してしまうそうだった。

どの学生の訴えも真剣そのものに思えた。三年前まで大学生だった琴美には、彼らのエピソードは身近に感じられた。面接の席で学生たちと対面していると、昔の自分を見るような気持ちになってしまう。琴美は大学三年生の時、セクハラまがいのメールをゼミの教授から受け取ったことがあった。あの時の、恐怖で体がすくんでしまう感覚は今でも思い出せる。彼ら彼女らの話に、個人としては大いに共感できた。けれど、面接官としてどう扱えばいいのか、わからなかった。

この日最後の面接が終わると、琴美は人事部の先輩である関《せき》を呼び止めた。

「あの、デリケートな話題って採用メソッドにどう当てはめてますか？」

関は四十代前半の男性社員だ。流行りのものにやたらと敏感で、そのことをどこか鼻にかけている節がある。琴美は関のことがなんとなく苦手だったが、仕事はできるので、困った時はあてにしていた。

「デリケートな話題？　選考マニュアルは確認した？」

「確認したんですけど、流石にその、ああいった話をどのように捉えるべきかまではわからなくて」

「ああいった話。ああ、パワハラとかね」

「はい……そうです」

胸がちくりと痛んだ。本人たちのいないところで話題にするのが後ろめたかった。

「そういう戦略なんじゃないの？」

関は半笑いで言う。

「戦略?」

「ああいう話をして、こっちの同情を引きたいのかもしれない」

「そんなことないと思いますけど」

反射的にそう答えた。根拠などない。彼ら彼女らを身近に感じるが故の願望だった。なにより、いけないことのような気がしたのだ。無垢な学生たちに疑いの視線を向けてしまうということ、そのものが。

「それより田井中ちゃん、今年も〝例の作業〟の担当になっちゃったんでしょ? がんばって」

一発ギャグかなにかのように中腰になって両手でサムズアップをしてくるので、琴美も苦笑いしながら親指を立てた。

スマホが震えた。関が去ったあとに見てみると、新太からだった。

〈今日ここのお店で良いですか?〉

Google マップのリンクが添えられている。恵比寿《えびす》にある刺身が美味いと評判の居酒屋だった。

〈もちろん! さかなだ〜〉

それから琴美は、〈すいません今日残業しないといけなくて、ご飯ごいっしょしたあとにまた会社戻ることになりそうです〉と続けた。

19時に居酒屋に到着すると、新太はもう席に着いていた。

「すいませんバタバタしちゃってて」

「いえ、全然。こちらこそ忙しい日にお声がけしちゃって」

新太は、琴美を落ち着かせようとするようにゆっくりと言った。ジーパンにグレーのジャケット姿だった。初めて見る服だ、と琴美は思う。フリーランスのプログラマーとして働く彼は、いつもシンプルな無地のTシャツばかり着ている。今日は私がスーツだから合わせてくれたのだろうか。

「琴美さん、スーツ似合いますね」

新太が微笑むと、やたらと白い歯が覗いた。

お世辞を言い慣れているようでもない分、照れてしまう。それから、やっぱりこの人お人形さんみたいな顔立ちだな、と思う。

新太は琴美より七つ歳上の三二歳だが、同い年と言っても違和感のない外見をしていた。マッチングアプリを介して新太と初めて会った時、代官山《だいかんやま》のスタバでなにか美容に気を遣っているのか尋ねてみたのだった。曰く、新太は毎日欠かさず保湿をしているという。それだけではなく、絶対に一時間以上の長風呂をし、二日に一度はジムに通っているそうだ。

「美容のためじゃなく、単に、ルーティーンを崩すのが気持ち悪くてそうしてるだけなんですけど」と彼は言った。多忙にもかかわらず、そんな日々をもう何年も過ごしているらしい。

「自己管理、自己完結の人間なんですよね」

と彼は語った。

「じゃあ、なんで他人と出会おうと？」

そう聞くのが自然な気がした。そしてそれは、新太によって用意された会話の流れのように思えた。

「僕は、ひとりで大丈夫過ぎるから」

よくよく話を聞くと、完璧主義である自分に嫌気が差してきたのだという。ひとりで生きてしまえるし、今までひとりで生きてきた。でもそれだと、残りの人生、随分さびしくなるんじゃないか、と。

琴美は、思わず首を傾《かし》げた。完璧であるに越したことはないんじゃないの？

この人の考え方、あまりわからないな、と思う。

けれど、ネガティブなわからなさではなかった。

普段はドリップコーヒーしか頼まないんです、とレジに並んだ際に話していた新太だったが、でもせっかくだし、と琴美に合わせて新作のドリンクに流行のトッピングを加えていた。そういう些細なところが、琴美には好ましく思えた。

つきあいを重ねるうちに、新太の言う「自己管理」とは、不器用さの裏返しなのではないかと考えるようになった。

今日の居酒屋の席でも、取り皿や箸、おしぼり、コップの置き場所にマイルールでもあるのか、新太はきちっきちっと整えている。そうしないと落ち着かないのだろう。自分の持ち場にこだわるだけで、こちらには干渉してこないから、琴美は新太の所作を微笑ましく眺めた。

「この魚の名前、店員さんなんて言ってましたっけ」

「ミシマオコゼですって。僕、食べるの初めてです」

「へえー、ミシマオコゼ」

どんな魚なんでしょうと新太は傷ひとつないスマホを取り出した。「ミシマオコゼ　泳いでいるところ」と呟きながら、YouTube のアプリを開いた。トップページに、いくつか動画がおすすめされている。そのひとつに、顔の上半分を白い仮面で覆った男の動画があった。

「MAIZU《マイズ》ちゃんねる」というチャンネルのものだった。

「MAIZU？　誰でしたっけそれ。どっかで聞いたことある」

琴美がそう言うと、新太は素早くスマホを伏せて裏返しにし、じっと机の隅を見つめた。

「新太さん、暑い、ですか?」

「え?」

「ものすごく汗かいてる」

新太はハンカチで額を拭い、ジャケットを脱いだ。そして、にこにこと微笑みながら琴美に言う。

「最近、お忙しそうですね」

なにかをはぐらかされたな、と思いながらも、新太に促されるままに採用面接の話をした。学生のプライバシーを考慮し、話の大部分はぼかして伝えたが、だからこそ愚痴に感情が乗るような気がした。

新太はただ「うん。うん」と相槌を返し、自分の意見を挟まずに、話したいだけこちらに話をさせてくれる。気を許せない相手には萎縮してしまいがちな琴美だったが、新太といると楽だった。私って実は話をするのが好きなのかもしれない、と思うが、それは、相手が新太さんだからだ、と何度でも思い直すことができて、その度に琴美はゆったりとした、しあわせのようなものを感じた。

「良いとか悪いとかじゃないんですけど、自己PRの時に、つらい体験を話す学生さんが何人かいたんですよね」

「つらい体験、というのは。あ、すいません。具体的には話せないですよね。ハラスメントとか、そういった感じですか」

「ええ。あの、私、人事としてどうしたらいいのかなって。どう受け止めてあげるべきなのかなって、考えても、もやもやするばかりで」

「話してるんだから、聞くしかないのかもしれませんね。聞いてあげることとしか。よく知らない第三者の意見ですけど、そういう話って、あまり人にできないと思うんです。でも面接って、自分を語る場じゃないですか。だから、対企業という本筋から逸《そ》れていたとしても、熱が入っちゃうのかなって思います。話をした当人たちは、〝傷〟を言葉に、声にしたかったのかもしれません。琴美さんなりにちゃんと聞いてあげたのなら、それがベストなんじゃないですかね」

ベストなんじゃないか、と言われて、なんだか褒められたような気分になる。

新太さんにもなにか〝傷〟があったりするのかな。

そう思っても、そこまで踏み込むことはできず、一時間で解散した。

会社に戻り、他部署と合同のだだっ広いオフィスで、ひとり〝例の作業〟を進める。

人事部でいちばんの若手である琴美は、選考中の学生たちのＳＮＳをチェックし、資料としてまとめるよう指示されていた。この作業は去年も一昨年もこなしているが、正直、骨が折れる。困難な作業というわけではないが、心理的な負担が大きかった。

ほとんどの学生のＳＮＳからは、大した情報は出てこない。書かれていたとしても、恋人や家族の記念日、サークル活動の成果、資格試験の合否についてなど、ポジティブに受け取られる投稿ばかりだった。

当然、学生たちも、志望先の人事がＳＮＳをチェックするかもしれないということを意識しているのだ。アカウントに鍵をかけている学生や、検索してもヒットしない学生は少なくない。そうなってくると、資料にまとめることのできる情報も自然と限られてくる。

琴美は、中身の薄い資料だと評価が下がってしまうんじゃないかと、学生たちのＳＮＳを入念にチェックした。Gofeat や業界のこと、学生たちの所属大学や学部、サークル、面接日当日のオフィス近隣の喫茶店や沿線などについて細やかに検索をかけ、検索避けに用いられる語句も片っ端から入力して情報を集めた。

その甲斐あって、何人かの学生の匿名アカウントを特定することに成功したのだが、そこにもまた、新太が言うところの〝傷〟が溢れていた。まず目についたのは、「どうして生きてんのかな」という、死にたさが含まれた、素朴とも言える書き込みだった。

それらを見ているうちに、琴美の胸の中には、苦いものがじんわりと広がっていった。私も、たった三年前まで学生だったんだ。この子たちと同じ、不安定な若者だった。それなのに今は、彼ら彼女らのプライベートまで調べ、値踏みしていく。一体、何様なんだろうか。申し訳なく思う。就活生だった過去の自分に対して、裏切り行為でもしている気持ちになった。

22時頃に一段落がついた。栄養ドリンクを飲みながらぼんやりとスマホを眺めていると、ポップアップが表示された。反射的にそれをタップする。ミアの生配信の時間だ。

画面に現れたミアの顔を見て、琴美は頬をゆるませた。

チャット欄に、次々とコメントが溢れていく。〈今日も綺麗〉〈尊い……〉〈枠取りありがとう〉〈雑談感謝〉〈ミアの顔を見たら今日も気持ちよく眠れそう〉〈ミアはいつだって尊いな〉

「音量どう？　みんな今日どうしてた？　〈もっと顔近くで見せて〉？　うん、良いよ」

ミアはコメントを読み上げると、片手で前髪を押さえながら、前のめりになってカメラに近づいた。猫のような大きな目や口元が画面いっぱいに映ったかと思うと、顔を離し、小気味良く笑いながら「びっくりした？」と言う。

　こういうのってファンはたまらないんだろうな。ミアはパッと見はクールなのに、笑う時は大きく口を開けて、どこか子どもっぽいというか、隙がある印象を醸《かも》し出す。ミアは、あーおもしろ、と呟いて次のコメントを読み上げた。

「〈ミアちゃんはいつもジャージだったり、上下スウェットだったりしますね。オシャレな服は着ないんですか？　絶対似合うと思います！〉。それはさあ、絶対似合うからだよ。そしたら、みんなまぶしくて私のこと見えなくなっちゃうからね」

　琴美は、ミアがラフな格好をしているのは単に服装のセンスがないからだと知っている分、その嘘が微笑ましかった。

　彼女は大学時代から「ミア」として人気を博している。大学卒業後、映像編集の会社に勤めていたが、去年退職し、今では配信活動をメインに生計を立てている。四年前からYouTube や Instagram で定期開催しているライブ配信は特に好評で、ＳＮＳの総フォロワー数は八十万人を超えたところだった。

　この数字はきっと、世に数多《あまた》いるインフルエンサーの中ではそれほど多い方ではないのだろう。けれどミアには、熱狂的とも言えるファンがたくさんついていた。私も、そのひとりなのかもしれなかった。ミアとはもう七年のつきあいで、お互いに親友だと称し合っているというのに、琴美はファンたちと同じようにミアをまぶしく思う。

ミアは、なんでも肯定してくれる。

初めてミアと出会ったのは高校生の頃だ。

高校三年の９月という半端な時期に転校してきたミアは浮いていた。その頭の良さと優れた容姿のために、一部のクラスメイトたちからやっかみを受けて孤立していた。けれど彼女は凛として決して下を向かず、誰にも傷つけられないような強さをまとっていた。弱い私とは、正反対だった。それなのにミアは、私に優しくしてくれた。

ひそかに好いていたクラスメイトの男子が友だちと付き合うことになって、気持ちの行き場を見つけられずに病んでしまう寸前だった私を、「可愛い」と言って認めてくれた。

「琴美ちゃんは、心が耐えられなくなるぎりぎりなんだよね。精一杯、がんばってるんだよね。私はそういうのって、すごく可愛いと思う」

ねえ、私たち、友だちにならない？

そう言って、ミアは手を差し伸べてくれたのだ。

それから、ふたりでいっしょにいるようになった。時々、どうして私なんかといてくれるんだろうと思うけれど、ミアはその優しさで、私を守ってくれる。

今も、ほら、他の人たちにだって、ミアはこんなに優しい。

〈今日、誕生日なんです。祝ってくれませんか？　幸せな気持ちになれたら、日付が変わる前に死のうと思います。最後に、『大好き』って言って欲しいです〉

という視聴者のチャットコメントに、ミアは即座にこう返した。

「大好き。大好き。大好き。誕生日、おめでとうね。明日もここに来てくれたら、明日もまた大好きって私が言ってあげる。どういう理由で死にたいのか、私は知らないし、私にはなにも解決できないけど、あなたが自分自身を好きになれるまでは、代わりに私がいくらでもあなたのことを、愛してあげる」

大きな目は瞬きもせずまっすぐにカメラを見つめ続けている。薄い唇から発せられた言葉は澱《よど》みなく、ミアの言葉だけが真実だと信じられるほどに力強かった。

チャット欄には、〈俺も泣いた〉〈おめでとうな。来年の誕生日もみんなで祝ってやるよ〉〈ミア、ありがとう〉〈生きよう！〉〈事情は知らないけど、ここに集まった連中はみんなおまえの味方だぞ〉〈わたしもコメ主に毎日言ってあげるから、わたしもミアに言ってほしいな〉〈ミアがいる世界で良かった。それはそうと、誕生日おめでとう〉なんてコメントと共に、投げ銭が溢れた。

琴美は泣きそうになってしまい、慌ててアプリを閉じた。

ミアの言葉は、居心地がよい。

それなのに琴美は、もう半年近くミアと会っていなかった。

どうしてか、会うのをためらってしまう。


そのあとは資料作りに追われ、終電ぎりぎりで電車に乗った。

働きはじめてからというもの、推しのライブにも行けていなかった。それは忙しさのせいばかりでもない。推しは数年前に不祥事を起こしたのだ。そのことに未だにもやもやするというのもあって、二の足を踏んでしまう。

近くで花火大会があったらしく、地下鉄は混んでいた。

すぐ前に座っている乗客がスマホでYouTubeのアプリを開いた。ちらちらと眺めていると、ホーム画面におすすめされている中にミアのチャンネルがあった。ミアを見るのかなと思ったが、乗客は画面をスクロールし、違う動画を再生した。〈事務所との間に起きたトラブルについて謝罪させてください〉というテロップが見えた。話しているのは白い仮面の男だ。

新太のYouTubeアプリにも表示されていた――確か、MAIZUという名前だ。

MAIZUは、とある炎上に対して謝罪していた。しかし、謝罪と銘打ってはいるが、その実は視聴者を煽《あお》る動画のようだった。乗客は、〈炎上商法しかできないならさっさと死ね〉というコメントを打ち込んでいた。琴美はどす黒い悪意を感じ、目を逸らす。少し先の席が空いたので、鼓動が速くなるのを感じながら、慌ててそちらに腰掛けた。

向かいの座席に、満員の車内にもかかわらず、座席を何人分も占領して缶チューハイを飲んでいる初老の男性がいた。

不思議と苛立《いらだ》たず、むしろ、その男性のことが羨ましくなった。あれくらい図太くなれたら楽なんだろうな。社会の荒波に呑まれ切ってしまえば、就活生のSNSをチェックすることや、彼ら彼女らの一生を左右してしまうことにも、なにも感じなくなるのかもしれない。

琴美は、ここ数か月ブラウザに開いたままにしているいくつかの転職サイトを見て回った。転職サイトを巡ることは、日課になっていた。今の仕事を辞める決心が付いているわけではない。転職願望より、新しい環境への不安の方が大きい。それでも、求人の一覧は、自分の選択肢なんだと思っていたかった。自分にはまだ、未来があるのだと。

溝《みぞ》の口《くち》の自宅へと帰宅したのは1時頃だった。ワンルーム九帖の部屋に入るなり、メイクも落とさずベッドに倒れ込んだ。気絶するように眠った。

アラームの音で目が覚めると、外すのを忘れていたコンタクトレンズがまぶたの裏側に回り込んでしまっていた。ごろごろする目を何度も搔《か》きながら出社した。

「おおーーっす」

オフィスに着くなりそう言ってくる先輩に、琴美も「おおーーっす」と張りのない声で返す。「おはようございます」という意味だ。縮めて、おおーーっす。いつからか、Gofeat 内での慣例的なあいさつになっている。

隣のデスクに座る関は、イヤホンを片方だけ嵌《は》めてタブレットで動画を見ていた。片方だけっていうことは話しかけても平気かなと、「それ、流行ってるんですか?」と聞いてみる。

画面には、あの白い仮面の男、ＭＡＩＺＵが映っていた。

「田井中ちゃん知らない? 『正義の配信者ＭＡＩＺＵ』」

「正義の配信者?」

「ＭＡＩＺＵのキャッチコピー。一般人の迷惑行為を晒《さら》すスタイルで何年か前にブレイクして、当時は時の人だった。今じゃまあ、落ち目だけどね。最近また炎上してたから気になって」

琴美は、関の解説に対しては気もそぞろで、新太さんがこういうの見てるの意外だな、と考える。

別の先輩が、「ああ、そいつ、事務所クビになったんですっけ。ネットニュースになってましたよ。腹いせに事務所のスキャンダル暴露してやるとか息巻いてるって」と話に加わる。

琴美は「なんか、派手ですね」と苦笑いした。

「ところで田井中ちゃん、資料まとまった？」

「あ、はい。今みなさんに送りますね」

琴美は〝例の作業〟として遅くまで作成していたファイルを共有のクラウドにアップロードした。

「へえ。よく調べてあるね」

資料は他の先輩社員たちにも好評だった。


新太とは、毎週のようにお茶をしたり、呑みにいったりしている。会う間隔はどんどん短くなり、お互いに好意を抱いているのは確実だと思えた。琴美は次の一歩を踏み出すタイミングを見計らっていた。例えば夜景の見えるレストランや遊園地だとか。そういったベタなデートスポットに行きたくて仕方がない、というわけではなかったが、関係の進展のためには、このあたりでベタをこなしておくべきなのかもしれない。でないと、新太とはお茶友だちのような関係が続いてしまいそうだった。

〈明日の夜ってお暇ですか？　もう日付変わってるから、正確には今日、７日です！〉

夏の夜の熱気に寝苦しさを感じながら、ベッドの中で新太にそう送った。いつもだったら、少なくとも三日以上前に連絡をしていた。けれど、今回は違った。ただ会いたいと思って、その気持ちを伝えていた。

恋なんだろうか。

そのつもりで彼と接して良いだろうか。

勢いが必要な気がした。彼の、「ひとりで大丈夫」な部分を崩すことのできる勢いが。

〈オッケーです。ちょうど今日は暇だったから。いつもの場所に20時はどうですか？〉

そう返事がきたのは、朝6時のことだった。通知音で一瞬目を覚ました琴美は、新太からの連絡に安心し、もうしばらく眠ろうと目を閉じた。新太さんらしいな、と思う。この前聞いた話では、平日休日問わず、必ず5時半に起床するのだという。電動歯ブラシと歯間ブラシで歯を磨き、昨日あったことや仕事の進捗をふり返りながら、豆から淹《い》れたコーヒーをゆっくりと飲み、6時になると、夜のあいだに溜まったメールやＬＩＮＥの返信をするらしい。聞いていた通りの時間に返信が来て、琴美は微笑んだ。彼の生活の隙の無さは、今のところ、彼ひとりのものだ。もしつきあったり、いっしょに暮らすようになったりすれば、私もその生活リズムに組み込まれるのだろうか。毎朝、私もいっしょに5時半に起きる？　そんなの無理だ。想像するだけで、笑ってしまいそうになる。でも不思議と、嫌な感じはしなかった。

今日こそはベタなデートに誘おう。

仕事が終わると、待ち合わせ場所であるいつものスタバに向かった。

約束の数分前に着くと、ちょうど新太も来たところらしく、注文待ちの列に並んでいた。今日は外で打ち合わせがあったようで、ジーパンに袖を捲《まく》った長袖のグレーのシャツを合わせている。肩を叩いて、「席取っておきますね」と伝える。注文は、新太がふたり分頼んでくれた。出会った当初は、ドリップコーヒー以外を頼むのにもいちいち緊張していたらしい。今ではトレンドに敏感な十代の女子みたいに、毎回新しいドリンクを試している。自分が新太に影響を与えているのだと思うと、うれしかった。

「どうしたんですか？　にやにやして」

唇の端にクリームをつけた新太が聞いてくる。

「いや、別に？」

琴美は、余計ににやにやしながら答えた。

「そうだ。このあいだはありがとうございました。仕事のこと聞いてもらえて、助かりました。今日は、楽しい話ができたら」

琴美は、なにかままごとでもするように言ってみた。

「そういえばこの間、花火大会があったんですよね。学生の頃は毎年行ってたのに、最近は仕事にかかりっきりで、何年も行けてないなあ。これから開催するところってあるのかな。新太さんは、花火ってお好きですか？」

そっちから誘ってきてよ——そう仄《ほの》めかしたつもりだ。こうした些細な駆け引きは、ふたりの間ではめずらしかった。琴美としてはかなり攻めたつもりで、内心ドキドキしていた。

新太は、ゆっくり頷いたかと思うと、無言でスマホを弄《いじ》りはじめた。

え……。

琴美は思わず、固まってしまう。

新太が、スマホの画面を見せてきた。

「これとかどうです？　九日後なんですけど、ご予定どうですか？」

表示されているのは、花火大会の情報をまとめたサイトだった。

8月16日、都内の野球場で開催されるようだ。

「土曜日ですね。行きましょう行きましょう！　あの、絶対予定空けとくんで。よろしくどうぞ！」

「はい。よろしくどうぞ」

妙にかしこまった物言いにふたりして笑った。

新太がお手洗いに席を立つと、琴美は「25歳　浴衣」と検索し、出てきたコーデをチェックしたり、浴衣レンタル店のレビューをざっと眺めたりした。

新太との花火大会を想像すると緊張したが、当日までのスケジュールや、家に似合うかばんあったっけ、などと考えていると、タスクに向かっているような気持ちになった。

ここから、どこまで進展していけるだろう。

できたら向こうから、告白か、実質的に告白になるようなアクションをして欲しい。そしていつか行為に及ぶ流れになれば、自分は拒まない気がする。クリスマスをひとつの目標にしようと思った。そのために、花火大会のあとも濃いめのデートを重ねたい。金銭感覚にお互いそこまで差があるわけではないから、普段お茶する店も、今後はスタバじゃなくて吟味して特別感のあるところに変えたっていいかもしれない。でも無理は禁物だ。新太さんは、しっかりとしたライフスタイルを持っている。そこに、うまく私を溶け込ませないと。

会うことの目的がよりはっきりして、恋へのモチベーションが出てきた。

新太のジムの時間が来るぎりぎりまでいっしょに過ごした。ひとりで空回りしないようにしようと意識しても、琴美の言動の端々によろこびが溢れた。

代官山から渋谷駅までふたりで歩き、それぞれ沿線が違うので改札前で別れることにした。

駅の中はかなり冷房が効いていた。新太が捲っていたシャツの袖をなにげなく戻した時、琴美は違和感を覚えた。

シャツの袖になにかついている。

十円玉程度の大きさをした、白くて丸いものだった。

なんだろう。犬？

犬の顔を模した小さなピンバッジが袖の外側についていた。

どうしてそんなところに。新太さんらしくないオシャレの仕方だと思う。

これも、私と出会って変わった部分なのだろうか。

「それ、可愛いですね」

微笑みを向けたが、新太はなんのことか気づいていないようだった。

喧騒の中でうやむやになり、新太は琴美の視界から消えていった。


帰りの電車内でふと思い出し、大学時代にミアと行った花火大会の写真を見返した。ミアとふたり、ピースをして写真に映る自分は垢抜けておらず、白地にやたら明るい水色の流線模様が施された、安っぽい浴衣を着ている。ミアはというと上下黒ずくめ、ジャージにパーカーという、風情もなにもない格好をしていた。せっかくの花火大会だというのに、空気を読まない格好の人と連れ立って歩くのは、当時の琴美の価値観からすれば少し恥ずかしいことだった。けれど、ミアだから特別だった。ミアはなんでも着こなしてしまうし、ミアが身につけているものはなんでも輝いて見える。着こなしやオシャレが特段に上手というわけでもないのに、好意の目が特別にさせる。その頃には琴美だけでなく周りの連中もみんなミアのことが大好きだったから、ミアが身につけるものだけでなく、やることなすこと、まぶしかった。

いつも輪の中心にいるミアといっしょにいられることが、ちょっとした誇りだった。

そして同時に、不安になりもした。一体どうして、ミアは自分を親友だなんて言ってくれるのか。花火を見ながら、琴美は勇気を出して告げてみた。

「私なんてさ、普通だ。普通以下だよ。ミアみたいに美人でも人気者でもない。むしろ、嫌なやつ。友だちが美人で人気者であることに価値があるだなんて思ってるんだから。ミアはさ、どうして私といっしょにいてくれるわけ」

心を曝《さら》け出すような気持ちだった。

ミアは突然、琴美を抱きしめた。

「だからだよ。琴美は、可愛いね」

ミアは、嫌な部分や汚い部分ぜんぶひっくるめて、私のことを肯定してくれる。可愛いと言ってくれている。ミアの胸の中に自分を預けてしまうのは、楽だった。

「琴美は特別だから、琴美だけはいつまでも、弱くて可愛いままでいてね」

ミアはそう言った。

あれからもう、五年も経つ。あの頃よりも自分は、もうちょっと嫌なやつになった。具体的になにがというわけではない。ただ、社会の荒波の中で生き延びようと必死なだけだ。それだけで、心のどこかはささくれ立っていく。

ミアのInstagramをチェックすると、最新の投稿がアップされたばかりだった。

ミアを中心に、数十人……いや、画角に収まりきらないほどたくさんの人が集合写真に映っていた。添えられたテキストによると、〈ラブアワの第6回目が無事に終了しました！〉とのことだった。

〝ラブアワ〟こと〈LOVE OURSELVES CLUB〉は、ミアがファンに向けて今年の2月からはじめた月額制のスクールだ。文字通り、自分にも他人にも寄り添って愛する方法をミアが受講生たちに語るのだ。その中には、自分自身をうまくアピールする方法や、人を惹きつける喋り方なんていう項目もあるようで、就活生たちのSNSをチェックしていると、ラブアワの話が出てくることがままあった。〈ガチで自己肯定感上がるからおすすめです〉〈冷静に考えてミアさんと直接話ができるって神過ぎん?・〉〈今月もラブアワがあるからがんばれ

る……〉
　ミアから教わるのだ。きっと、たくさんの人が救われているんだろう。

　彼女の自信も、ミアに影響されたものだろうか。

　8月8日、Gofeat の採用活動も終盤に差しかかっていた。

　観《み》月《づき》優香《ゆうか》さんは、三次面接に残った五十名の学生の中でもひと際印象が良かった。グループ面接での機転の利いた受け答えや所作は申し分がなく、「常になにかを学んでいないと落ち着かないんです」と語るその前向きな姿勢も好ましく受け止められていた。

　観月さんのＳＮＳにこれと言った非は見当たらない。昨日は「ここからだ」と投稿していた。面接への意気込みだろう。アグレッシブに就活をする観月さんが Gofeat を受けるのは至極妥当だと思われた。

　観月さんの Instagram の最新の投稿は、ラブアワでの集合写真だった。やたらと小綺麗な板張りの室内で、他の参加者たちと共に笑みを見せている。どうやら、半年前の第一回から通っているようだ。

ミアと接点がある分、無意識のうちに贔屓《ひいき》してしまわないようにと観月さんの面接にあたったが、先輩たちの評価と同様に、この人が落ちることはまずないだろう、と期待は高まるばかりだった。

グループ面接が終わり、学生たちが退出しようとしている時だった。

椅子の脇に置かれた観月さんのかばんが目に入った。一般的な黒色の就活かばんだが、こちらを向いた狭い方の側面、マチ部分に、白っぽいバッジがついていた。

ビーズで作られているようだった。

目を細め、十円玉ほどの大きさのそれをよくよく眺める。

白を基調として、目鼻を表す黒と、耳の内側を覆うピンク色。

犬の顔に見えた。

これって、新太さんがつけていたものと同じだ。

「あの、なにか」

観月さんが、琴美の視線に気づいたようだった。

「えーっと。そういうの、人気なんですか？　その、犬のやつ」

「チワワですか？」

観月さんはかばんを見もせず、即座にそう言った。「お好きなんですか？」と琴美が聞くと、観月さんは一瞬のためらいを見せた。

「いえあの、これ、なんでしょう」

「えっ?」

「私これ、知りません。私がつけたものじゃないです」

観月さんは、ゆっくりとかばんを手に取った。凶器にでも触れているように慎重にかばんの外側を見る。そして数秒黙ると、胸の高さまで持ち上げ、面接官や他の学生たちにゆっくりと回して見せた。琴美は、なにかのショーでPR用の看板を頭上に掲げて見せるラウンドガールを頭に浮かべた。観月さんは自分でもシュールな光景だと感じたのか、ごく控えめな咳払いをしたあと、かばんを膝の上に置き、ピンバッジを外した。

「これ、なんですか?」

ふふっ、と観月さんが笑うと、琴美含め、周囲の者たちはそれに合わせて笑った。


あのバッジなんなんだろう、とぼんやり考えながら帰路に就いた。

最寄り駅で降り、小さなスーパーに入った。食材や調味料をかごに放り込んでいく。

昨夜会った時に、新太は、最近自炊をはじめたということを教えてくれた。二日に一度、ジムに行かない日にまとめて作るらしい。「じゃあ、明日は自炊の日ですね。なに作るんですか？」と琴美は聞いた。あんかけ焼きそばです、と彼が答えた流れで、「私も同じものを作っていいですか？　それで電話しながらいっしょに作って、いっしょに食べませんか」と取りつけたのだった。彼の日常に自分を食い込ませていくことに、心が浮ついた。

スーパーを出ると、雨が上がって少し経つからか、犬の散歩をしている人とよくすれ違った。その中にチワワもいた。

今日の出来事と共に、嫌な思い出がよみがえる。まだ、踏ん切りがついているわけではない。チワワは踏みつけそうなほど小さく、琴美は余分に迂回《うかい》して避けた。あとで、あのピンバッジの話をしようかな、と思う。

家に到着し、新太と通話を繋ぐ。主に夏休みの予定について話した。新卒採用の選考や諸々の手続きに一段落がついたら、もう夏とは呼べない時期になってしまうけれど、有給を繋げて数日の休みを取ることができそうだった。フリーランスである新太も、それに合わせて調整したい、と言ってくれた。

「あの、じゃあ、旅行でも行っちゃいませんか？」

叶えばいいなと願いつつ、冗談半分と受け取られてもいいように明るく言ってみると、「はい。ぜひ」と返ってきた。琴美は小さくガッツポーズする。

いくつか候補を挙げ、江ノ島《えのしま》が悪くないんじゃないか、という話に落ち着いた。料理を作りながらチューハイを飲んでいると、気分が盛り上がってきた。

「嫌じゃなかったら、泊まりとかって……。あー、うそうそ、冗談です。忘れてください」

「あはは。良いですね。一泊、いや二泊とかでも」

「うん。二泊とかでも」

通話を繋いだまま、共に遅めの夕食を食べる。

「ポイント貯まってるんで、宿泊先は私が予約しちゃって良いですか？」

ホテルという言葉を出すと下心に自分で引いてしまいそうだった。宿泊先の候補のリンクをメッセージアプリで送り合い、シングルベッドが並んだ部屋を予約した。予約完了のメールに〈お気に入り〉のチェックをつけ、スクリーンショットを撮った。これから何回も見返そう、と思った。

「楽しみです」琴美は堪《こら》えきれなくなって、「あードキドキするどうしよう」と早口で捲し立てた。

「僕もです」と返ってきた。

琴美が入浴するまで通話を続け、風呂から上がってドライヤーを済ませたあと、また通話を繋いだ。パックをしていることを話すと、「見たいな」と新太が言った。どうしようか悩んだが、タイマーが鳴ったのでパックは捨て、せめて映えるようにと照明を調節し、カメラをオンにした。はじめてすっぴんの顔を見せるが、新太さんにならいいやと思える。

　画面越しに見る新太の顔は、肌理《きめ》そのものが「細かい」という表現を超え、もはやないように見えた。シンメトリーな顔立ちの中で目がぱっちり開き、こちらを見ている。がっしりした印象を与える頰骨のあたりは筋肉が詰まっていて、喋るのに合わせてぷくぷくと膨れた。

「ちょっとこれから仕事しないとなんですけど、見えるところに琴美さんがいてくれたらがんばれそう」

「えー。じゃあ私、なにしてましょうか」

　普通にしていて欲しい、と新太が言うので、どうしていいかわからず、邪魔にならないようにゆっくりと歯を磨いたり、雑誌をパラパラめくりながら、新太の様子を気にしていた。仕事に集中しているようだ。しばらくの間お互い声をかけなかったが、新太を見ていると、胸の奥があたたかくなっていった。

「――琴美さん、大丈夫ですか」

「あ……」

　一時間ほど眠ってしまっていた。

「僕も寝ようかな」

　新太はいつの間にか着替えていて、上下白のスウェット姿になっていた。映像が揺れた。

ホルダーかなにかで机に固定していたスマホを手に取ったのだろう。

その拍子に、棚の上に置かれている、白くて小さなものが映った。

画像はブレていたが、あのチワワのピンバッジに見えた。

それって、なんなんですか？

そう聞こうとしたが、緊張でそれどころではなくなった。

ベッドに入った新太の横顔が至近距離で映っていた。前髪が片側に寄り、いつもと雰囲気が違って見える。琴美はスマホを握ったまま布団にくるまった。新太の息がスマホのマイクにぶつかり、くぐもった音になる。

逸《はや》る鼓動を誤魔化そうと、「今日会社で不思議なことがあって」と話題を変えた。

「不思議なこと？」

「学生さんのかばんに、妙なものがついてたんですよね。その子が言うには、身に覚えのないものらしくて」

「身に覚えのないって、それ、大丈夫なんですか？　なんていうか、盗聴器だったり、盗撮用のカメラだったり」

「そんな物騒なものではないんじゃないですかね。可愛いチワワのピンバッジですよ？　その場にいたみんなで見てたけど。まさか」

「今、なんて言いました？」

「チワワのピンバッジだったんですよ」

新太がぐっと目を見開いた。

「新太さんの部屋にあるのと同じものかな。新太さん、昨日もそれ、シャツの袖につけてましたよね」

新太の頬が小刻みに痙攣《けいれん》したかと思うと、画面が真っ暗になり、通話が切れた。

かけ直したが繋がらず、何度か試みている内に眠気に負けてしまった。

新太からメッセージがきたのは、翌朝9時だった。

「Wi-Fiの調子がおかしかったみたいで、なんとかしようと思ったんだけど、ついそのまま、眠っちゃいました」

いつものルーティーンの時間を大幅に過ぎていた。


それ以降、新太の雰囲気が変わった気がする。

様子がおかしいというほどのことではない。ただ、毎日のメッセージに対する返信に時間がかかるようになった。メッセージに添えられる絵文字やスタンプの数が減った。電話の途中で沈黙が増えた。

不穏な空気を感じたが、つっつくようなことではないし、客観的に見れば大したことじゃないだろう。絵文字やスタンプの数が減ったのだって、それはむしろ、私に気を許してくれている証かもしれない。気にしてしまいそうな時には、私たちには花火大会も旅行もあるのだとこれからのことを想像して、気分を盛り上げた。

8月15日の金曜日に新卒採用の最終面接があり、翌16日が花火大会だった。

レンタルした浴衣は、薄ピンク色をした綿麻生地に大小の朝顔を散らした柄だった。着てみると思っていたより幼い印象になった。どうかな、と着つけをしてもらいながら思ったが、同年代と思しき店員さんがしきりに似合ってます素敵ですと連呼するので、「こういうの着られるの今のうちだけですしね」と話を合わせた。悪くはないんじゃないかなと鏡や窓を目にする度に思い、何度も繰り返してみるうちに、悪くない、とスムーズに思えるようになった。あとは、新太から褒めてもらえるかどうかだ。

一時間も早く着いてしまったので、会場である野球場の周辺を散策することにした。

球場に隣接した大きな公園内には、球団マスコットの派手な立像が建っていた。二足歩行で、手裏剣を投げるようにして野球ボールを放る眼帯をしたカワウソの像は、フォトスポットとして人気なのだった。下駄を鳴らしながら立像のところへと行くと、皆がべたべたと触ったせいで靴の部分の青い塗装が剝《は》げかけていて、なにかご利益でもあるのか、両足の間のスペースには小銭が置かれていた。像の正面には、カップルや女の子たちが自撮りのための順番待ちをしていた。迂回してカワウソに近づき、五円玉を置いた。新太さんと長続きしますように、と願い、あとで時間があったら、ふたりで来て写真を撮ろう、と思った。

ひとりで楽しむのはもったいない気がし、琴美はにやけながら、人の流れに逆らって待ち合わせ場所である駅前へと引き返した。


待ち合わせ時刻から三十分を過ぎても、新太は現れなかった。彼は、遅れる前には必ず連絡をしてくれる。〈すいません。遅れてしまいます〉からはじまるメッセージが、いつも到着予定時刻の四十分前に送られてくるのだ。どういうルールかはわからないが、決まって四十分前だ。琴美はそうしたこだわりを新太さんらしいな、と思い、気に入っていた。ところが、今日は未だなんの連絡もない。

Xで〈都内　電車　遅延〉と検索しても、目ぼしい情報は出てこなかった。

ふと、トレンド欄の〈チワワテロ〉というキーワードが目に入った。見ると、チワワのピンバッジを撮影した写真が大量に出てきた。

発端となるのは、一週間ほど前にアップロードされた〈知らないあいだに服についてた。なにこれ〉という投稿だったが、それを今日、フォロワー数の多い元アイドルのタレントが〈ウチのバッグにもこれついてたんだよな。可愛いけど、一体なに？　チワワテロでも起きてる?・笑〉とピックアップしたことで話題になっているのだった。

誰もが、そのピンバッジに見覚えがないという。いつの間にか、かばんや衣類に取りつけられたらしい。

琴美は、新太が得体の知れないなにかに巻き込まれているのではないかと心配になった。〈大丈夫ですか?・〉〈もし、なにかトラブルに遭っているのなら、慌てなくて良いんで。全然、ゆっくり来てくださいね〉続け様にそう送り、既読のつかないメッセージを見つめた。

約束の時間から一時間が過ぎた。もうすぐ、花火の打ち上げがはじまってしまう。駅前から球場にかけての道は花火客でごった返していた。琴美の目には誰もかもが楽しそうに見え、胸の内が焦げつくようだった。妬ましいというより、早く安心したかった。新太さんがもし来られないとしても、せめて、無事かどうかだけでも確かめたい。彼は、私にとって大切な人だ。琴美は、自分がそう確信していることに気づいて、涙目になった。もっと、素敵なシチュエーションで思えたら良かったのに。

「早く来てよ」

そう呟くと、空に甲高い音が昇っていき、轟音《ごうおん》と共に花火が弾けた。周囲から歓声が上がった。

琴美の目は、打ち上げられていく花火ではなく、スマホに釘づけになっていた。新太から、メッセージが来たのだ。

琴美は、ホーム画面に表示されたポップアップをゆっくりとタップした。

〈これから、会わないようにしよう。僕のことはもう信じないで〉

どういうことだろう。

「どういうことだろうな」

声に出すと、涙が出てきた。理由もなにもわからないというのに、フラれたし、嫌われた事実だけは確かにあるのだと、自分自身に突きつけてしまった。

【全国各地で謎の〈チワワテロ〉が発生。800人以上がターゲットに】

ここ数日、ＳＮＳを賑わせているチワワのことをご存じだろうか。

夏真っ盛りの8月8日にそれは起こった。

少なくとも８００人以上の人たちが、気づかぬうちに愛くるしいチワワの顔のピンバッジを取りつけられたのだ。この事件はネット上で〈チワワテロ〉と呼ばれている。

被害者は首都圏を中心に全国各地に散らばっているが、性別も年齢も職業も異なる人たちを無差別に狙ったように見える。なんとも気味の悪い事件である。

筆者は、チワワピンバッジを取りつけられたという3名の人物にインタビューを行った。

30代女性のＦさんはこう語る。

「驚きました。家に帰ると、帽子の締めつけを調節する部分に知らないピンバッジがついていたんです。可愛らしいからまだ笑えましたけど、もっと怖いものだったりしたら、と思うとゾッとします。その気になれば、体にピンを刺すことだって可能だったわけじゃないですか」

一方で、10代男性のＭさんは、

「話のネタができたぞ、ヨッシャ！　って思いました」

と、予期せぬ出来事を肯定的に捉えている。

〈チワワテロ〉の名付け親でもあるタレントの元宮《もとみや》まなみ氏は今回の一件を前向きに

語った。

「最初はびっくりしたんですけど、普通にこのピンバッジ可愛いし、良いかなって。おかげでフォロワーもかなり増えましたし（笑）」

編集部が数えたところによると、チワワのピンバッジをつけられたとSNSに投稿しているアカウントの数は822人に及んだ。そのうち277人が、ピンバッジの画像をアップロードしている。

実を言うと、筆者も被害に遭ったひとりである。いや、実害はないので今のところはまだ、被害と言えるほどのものでもないのかもしれない。

一体、なにが目的なのだろうか。チワワからは、愛くるしいもの、守るべきものというイメージが喚起される。この事件は、チワワのようなか弱きものたちからのメッセージなのかもしれない。

8月19日。役員面接を経て二七名の内定者が決定した。高校一年の時に立ち上げたサッカー部を県大会優勝に導いたという男子学生や、地域の図書館に子どもから大人までをターゲットにした毎月の読み聞かせイベントの企画を持ち込み、著名なゲストを呼べるほどの規模へと成長させたという女子学生など、目を引く人が多かった。その中には、観月優香さんもいた。

終業後、人事部のメンバーで会社近くの居酒屋に打ち上げに行くことになった。

琴美は正直、人と話したい気分ではなかったのだが、少しでも気を紛らわせたかった。

花火大会以来、新太とは連絡がつかない。琴美は何十件とメッセージを送り、着信を残したが、既読すらつかなかった。そんな状態なのだから、向こうが自分のことを好きでいるとは考えられない。それでも琴美は、未練を断ち切ることができずにいた。自分と新太が、どこかでなにかを踏み違えてしまったのだということを、まだ明確なものにしたくなかった。

〈もう信じないで〉とあの人は送ってきた。ということは、私が一度は彼を信じたのだ、と彼自身が考えているということだ。これを愛情と呼ぶのは強引かもしれないけど、愛情がなかった、と決めつけることにもまた無理がある。

彼は、なにか隠してるんじゃないか。

だとしたら、その秘密を知りたいと思った。

とはいえ、アクションを起こす気力はなかった。新太のことを忘れるための現実的な方法は、酒だった。先輩たちに心配されながらも、琴美は酒をあおり続けた。

飲み会が終わると人事部の面々と別れ、会社近くの神泉《しんせん》にあるバーに出向いた。

雑居ビルの七階に居を構えるそのバーは深夜まで営業していて、気安い雰囲気なため、時たま立ち寄っていた。

カウンターに腰掛け、痛みをやり過ごすように何杯も強い酒を飲んだ。酔っていくほどに、どうしてだろう、と嫌な思考が渦巻くのを止められなかった。どうしてだろう。どうしてだろう。そう思うほどに落ち込んでしまう。

いつの間にか、眠ってしまっていた。客の大部分は帰ってしまったようで、店主がグラスを片づける音が響く。眠気をこらえつつスマホを見ると、ちょうど日付が変わる瞬間だった。

「……あの、すいません。お会計をお願いします」

店主に声をかけると、カウンターの端に座っていた女性客が口を開いた。

「可愛い顔して寝てたね」

ギョッとしたが、その声には聞き覚えがあった。

「……ミア⁉」

「ひさしぶりだね、琴美」

驚きで酔いが醒《さ》めていく。ミアと顔を合わせるのは半年振りだった。会おうという連絡が来てはいたのだが、琴美の方から、自分でもなぜそうするのかわからないままに断っていた。

目の前にミアがいることに、うれしさと気まずさが同時にやってくる。

「どうしてここに？」

「琴美を救いにきた」

「えっ？」

「あはは。借りてるオフィスが割と近くなんだ。動画の編集作業してたら、こんな時間になっちゃった」

それだって答えになっていないと思ったが、ミアの笑顔を見ているとそれ以上深く聞く気にはなれなかった。

「相変わらず、まぶしいね」

「このお店薄暗いよ？」

「そういう意味じゃなくてさ。ミアはいつ会っても華がある。オーラがあるっていうか。私なんかと違って、自分への自信が内側から滲《にじ》み出てる感じ」

ミアは、いつものジャージ姿よりはオシャレだった。薄手の青いワンピースと丈の短いあみあみのカーディガンを着ていて、「ユニクロと古着だけどね。でもありがとう」と笑った。

「琴美、なんかあったでしょ。私にはわかるんだ。不安な時の琴美は、人の顔を真正面から見れなくて、相手の肩のあたりをじっと見る。私、わかるよ。琴美のことはなんだって」

ミアの言葉に、琴美は頬をゆるめた。

ミアといると、どうしてこんなに安心してしまうんだろう。

手元にある酒はまだ半分以上残っていたが、ミアは琴美の手を取り、「どこ行こうか」と言った。店を出ても、手は繋がれたままだった。ミアに引っ張られながら、心が軽やかになるのを感じた。ミアの甘い香水が、涼しい夜のにおいと合わさって鼻腔をくすぐる。

ミアがふり返り、こちらを見つめる。

ミアの目を見ていると、涙が溢れてきた。

「泣かないで琴美。大丈夫だよ。琴美は大丈夫。だって、私が琴美のこと好きだから」

「どうして泣いてるか、聞かないの」

「聞いてほしい?」

そう言って、歩道の真ん中で抱きしめてくる。琴美は赤ん坊のようにすべすべしたミアの首元に顔を埋め、一生このままで良いのに、と思った。

恋のことも仕事のことも忘れて、ミアと、いつまでもこうしていられたら。

「好きだった男の人が、突然いなくなったんだ」

琴美が呟くと、ミアは「ぎゅうう」と言いながら、琴美を抱く腕にさらに力を込めた。それからまたこちらを見つめ、「そっか。琴美は、どうしたいの?」と尋ねた。

「琴美が望むことだったら、私、なんでもするよ？　だって私は琴美のことがいちばん大事だから」

「私は……私は、新太さんが、なんで私の前からいなくなったのか、ちゃんと知りたい。できればそれで、許したくない」

「許したくないの？」

「嫌いになってしまいたい。もしもう会えないなら、嫌わないと、忘れられそうにないって、そう思うから」

「良いよ。手伝ってあげる。その新太さんって人のこと、いっしょに捜そ？　私も、琴美が好きになった人に興味あるし」

ミアは満面の笑みを浮かべた。

「『三枝新太』っと。だめだね。検索しても、特にヒットしない。読みが同じサッカー選手が出てくるくらいで、本人の情報はなさそう。この人、ＳＮＳやってないんだ？」

ミアはカラオケルームのソファ席に胡座《あぐら》をかきながら、メロンソーダとオレンジジュースを混ぜた液体をストローで吸った。新太の行方を捜すために、まずは作戦を練ることにしたのだった。

「この人、フリーランスなんでしょ？　それなのにＳＮＳなにもしてないって、めずらしいよね」

「新太さん、人の噂話とか好きじゃないって言ってたから、そういうの、関係あるのかもしれない……」

「どうした？」

「ううん。ミアがいてくれて助かった。私、新太さんの名前を検索するのさえ、新太さんに悪いような気がして、できなかったから」

「やっぱやめとく？　さっきは『許したくない』なんて言ってたけど、許す許さない以前に、いなくなった理由によっては琴美が傷ついちゃうかもしれないよ？」

「それは問題ない」

問題ない、と琴美は繰り返した。本当は不安で仕方がないけれど、自分に言い聞かせるように言葉を続ける。

「踏ん切りをつけたい。それだけ、だから」

「そっか。ねえ、三枝さんの仕事の取引先とかは知らないの」

ミアはこちらの気持ちを尊重するとでもいうようにさっぱりとした口調で、そのことがありがたく感じられる。

「えっと、何年か前に、そこそこ有名な会社のホームページのリニューアルに携わったって聞いたことあるけど」

「なんていう会社か思い出せる?」

琴美は、違うかもだけど、と前置きをしてから、とあるアパレルブランドの名を挙げた。ミアはiPhoneを素早く操作し、「リニューアルは五年前だね」と告げた。それからXのアプリを起動して検索を重ね、当時その案件に関わったイラストレーターを突き止めた。

「この人、イケるかもね」

ミアがイラストレーターのアカウントを見せてきた。

「イケるって? 私でもイラストを見たことあるから、有名な人だよね」

「企業ホームページのリニューアルって、このイラストレーターさんとのコラボ商品の発売に合わせたものみたい。三枝さんが関わっていたプロジェクトのキーパーソンだね。この人に三枝さんの行方突き止めて貰おう」

「どういうこと?」

「プロジェクトの関係者に繋いで貰うんだよ。プログラマーに近い人だったら、三枝さんのこと知ってるかもしれない」

「理屈はわかるけど、繋いで貰うったって」

「お願いすれば良いんだよ」

ミアは自身のアカウントからイラストレーター宛に、あなたが五年前に携わったプロジェクトに参加していた三枝新太という人物を捜しているとダイレクトメッセージを送った。その末尾には、ミアの本名である「穂波実杏」と署名していた。

「そんな簡単に繋がれるかなあ」

「琴美は、私のこと誰だと思ってる？」

「ミアだけど」

「向こうも当然、わかるよね。私が『ミア』だって。私がいきなり不躾《ぶしつけ》なお願いをしているっていうことは、それなりのリスクを負っているんだって理解するはず」

「リスクって」

「炎上とかね。今のご時世、誰がなにを晒すかわからないじゃんか。そんな中で、顔出して活動してる私が、ミアが、人を捜すために本名を差し出したっていうのは、けっこう響くはず。イラストレーターも人気商売だし、そういうことには敏感でしょ」

それに、とミアはiPhoneをタップし、Xに投稿されたイラストを表示した。

「この人が描く女の子さ。私にそっくりじゃない？」

こいつ私みたいな顔が好きなんだよ、絶対返事来るって、とミアは微笑んだ。

果たしてその言葉通り、翌20日の朝にはイラストレーターから返信が来た。そのメッセージには、企業の担当者と、その案件でいっしょになったエンジニアに問い合わせ中だということが記されていた。それから、ミアの配信をいくつか見てファンになりました、ということが。琴美は通勤電車に揺られながら、ミアが送ってくれたスクリーンショットに目を通した。

〈いや、なんというか、流石っす〉

震えているたぬきのスタンプを添えて送った。

二日後にイラストレーターから追加のメッセージが届いた。ふたりは再びカラオケに集まっていて、ミアがメッセージを読み上げてくれた。

「〈まず、企業の方はだめでした。今現在の連絡先は把握していないですし、把握していてもプライバシー保護の観点上、教えるわけにはいかないそうです〉。まあ、ここまでは妥当だよね。でね、ここからが大事なんだけど、〈エンジニアさんの方は好感触で、三枝さんとも直接の知り合いみたいです〉だって」

ミアが読み上げてくれた文面に琴美は思わず「おおー」と明るい声を上げた。

「そのエンジニアのメールアドレス書いてくれてるから、連絡してみるね」

その翌日に、エンジニアからの返信が来た。〈私の方でも三枝くんに連絡してみたのですが、今のところ反応はないですね〉と。幸いにも彼は都内在住で明日日曜なら動けるというので、ミアの提案で、三人で会うことになった。

指定されたのは丸《まる》の内《うち》にあるホテルのラウンジだった。

琴美は、他のふたりよりも早く店に着いた。それからミアが現れた。黒のジャージとパーカーという格好で、爪を黒く塗っている。

待ち合わせの11時を五分過ぎて、三十代後半ほどの坊主頭の男性が現れた。

「お待たせしました。長谷川《はせがわ》です」と彼は名刺を差し出した。

琴美は初め、長谷川のことを、たぶん良い人だ、と考えた。とにかく突然姿を消してしまったものだから、と新太を捜している経緯を説明している最中、長谷川はしきりに、「いやあ、心配ですねえ」と口にした。

「それで、少しでもなにか、三枝さんの行方について手がかりを掴めないかと思いまして」

琴美がそう言うと、長谷川はコーヒーをひと口啜《すす》り、

「お力になれることはあるでしょうか」と低音楽器のような声で言った。「メールでもお伝

えしましたが、三枝くんとは、久しく顔を合わせていません。懐かしいですね。もう五年になりますか。あのプロジェクトが三枝くんとは初めての仕事だったのですが、恐ろしく腕の良いプログラマーでしたよ。それからもちょこちょこと一緒になることがあってね。まあこんな職業ですから、腰痛とか肩こりに効く健康グッズの情報を交換し合ったりね、あとお互い、アウトドアが好きで、たまにキャンプに行ったり。でも、そうだなあ、確か、ちょうど三年前くらいに、連絡がぱったり途絶えてね。プログラマーとして仕事を続けているのは業界の人間から漏れ聞こえてきましたから、元気でやってると良いな、なんて思っていたのですが」

琴美は、長谷川がまたコーヒーを口に運んだタイミングで、こう聞いた。

「新太さん、アウトドアが好きなんですか？　ほんとですか？　それ。なんていうか、かなり意外です。あの、長谷川さんから見て、どんな人でしたか」

「そりゃあもう、負けん気が強くて根性のある、やんちゃな男でしたよ」

長谷川と別れると、琴美はミアに捲し立てた。

「私が知ってる新太さんと全然違うんだってば。負けん気が強くて根性のあるやんちゃな男？　違うよ。違う。もっと新太さんは大人しくて、規則正しくて、落ち着いてて、よく人の話聞いてくれて。でも……、いつもどこか虚《むな》しそうだった。新太さんって、そういう人間だよ。あの長谷川さんって人、なんなの？」

ミアは、まあまあ、と琴美を執り成しながらも、どこかうれしそうだった。

「え。なに、なんで笑ってんの？」

「琴美がそういう風に荒れることあんまりないからさ、おもしろくて」

「自分でも理不尽に怒ってるってわかってるよ？　でもさあ」

「あまりに三枝さんのイメージと違う？」

「イメージっていうか、別人みたいだって思った」

「同姓同名ってことは考えにくいよね。職業まで一致してるんだし」

「うーん。だけどさ……」

「他にもツテを当たってみてくれるって。良い人じゃん」

「そんなことない」

琴美が吐き捨てるように言うと、ミアはまた笑った。

ランチをしようとショッピングモールに入った。

レストランのあるフロアまでエレベーターに乗っていると、十代の女の子ふたり組に声をかけられた。

「あの、ミアさんですよね」

「そうだよ?」

ミアが気軽に言うと、いわゆる〝地雷系〟と呼ばれるファッションをしたふたり組は目を潤ませてよろこんだ。背が低い方が掛けているポシェットに、チワワのピンバッジがつけられている。

「それって。チワワテロに遭ったんですか?」

琴美が聞くと、

「いえいえいえいえ」

恐れ多いとでも言うように彼女は手を振った。

「ヴィレヴァンで買った安物のグッズです」

「グッズ? もしかして、チワワテロの影響で流行ってるの? あんな気味の悪い事件なのに?」

「えーでも、めっちゃキュートじゃないですか?」

他にもいろいろあるんですよ、ともうひとりの子が Instagram の画面を見せてくれた。

そこには、「#チワワテロ」というハッシュタグがつけられた、チワワをモチーフとしたステッカーやマグカップやいろいろな推し活グッズが溢れていた。

「妙なことになってるんだね」

ミアが苦い顔をした。

彼女らと別れ、ランチ営業のバルに入った。注文を済ませ、ミアが「ちょっと電話」と言って席を立つと、琴美はスマホを触り、ＳＮＳを巡回した。確かに、少し気をつけて見るだけで、チワワテロに言及し、先ほどの女の子たちのように流行りとして楽しむ人たちがたくさん目に入ってきた。トレンドに〈異常な高騰《こうとう》〉とあったので見てみると、チワワテロの影響で、本物のチワワの価格さえ上がっているらしい。

か弱きものたちからのメッセージ――あの記事はそう締め括られていたが、今の流行はそうした主義や主張とは関係がないものに思えた。記事の続報がないか検索したが、出てこなかった。チワワテロはその意図も原因もわからず、中心を欠いたまま過熱している。ただ流行っているという理由でどこまでも加速していくのだと、空恐ろしい気がした。

「なーに見てんの」後ろからミアがスマホを覗き込んできた。「ああそれ。その記事書いた人さあ、知り合いだよ？　私のファンの人」

「そうなの？　あのさ、新太さん、チワワテロに遭ってたっぽいんだよね」

「へえー」

「まあ、流石に関係ないと思うけど」

「琴美はそう思うんだ?」

「どういう意味?」

「そのままの意味」

はっきり〈会わないようにしよう〉と告げてから新太は消えたのだから、警察に捜索願を出したりすることではない。結局、あてになるかもわからない長谷川の連絡をまずは待ってみようということで落ち着いた。

そうだ。新太さんは私に会いたくないんだよな。感情を殺すような気持ちで、旅行の予約をキャンセルした。


長谷川とビデオ通話をすることになったのは、その翌週のことだった。

琴美とミアはカラオケルームに集まり、持参したノートパソコンを開いた。

「このあいだはありがとうございました。ね、琴美」

「それで、なにかわかったんですか?」

「いやね、三枝くんのこと知らないか、って方々に聞いて回ったんですよ。そしたら、私が今関わってる案件のUIデザイナーが、彼と大学の同級生だったって言うんですよ」

「えっ」

「聞いてみたんですよ。三枝くんの行方を知る手がかりだったり、あと、三枝くんってどういう奴だったかって。どうも田井中さんは、私の伝えた三枝くん像が不服らしいから」

言い当てられて、琴美は顔が赤くなる。

「で、どうでした？」とミアが促した。

「結論から言うと、現在の居所は知らないそうです。ですが彼は、興味深いことを言ってたんですよね。『あいつ、あんなに人好きのする奴だったのに、三年前に急にいなくなりやがって』って、僕と同じこと言うんです」

気になりますよね、なにかわかったら僕にも教えてください、と言うと、急ぎの仕事があるらしく長谷川は通話を切った。

「三年前に、なにかあったのかな」

「直感でしかないけど、新太さんがＳＮＳをなにもしてないのは、なにか隠したいことがあるからなのかも」

「過去を断ちたいってこと？」

「かもしれない……あっ！」

「どうした」

「私たちさ、肝心なこと、やってなかった」

「肝心なこと?」

「新太さんの家、まだ行ってない!」

琴美は勢いよくそう言ったが、一気に不安気な表情になった。

「うわ、私さ、新太さんの家、知らない。立川《たちかわ》に住んでるっていうのは聞いたことあるけど、詳しい住所がわからない」

「そうか〜」

「あの、言い訳みたいだけど、これって適切な距離感じゃないかな。つきあってもないんだから、住所なんて知らなくても。仲が良くてもさ、そんなもんでしょ?」

ミアは落ち込む琴美の背中を叩いた。

「じゃあさ、その立川で待ち伏せしてみよう。ほら琴美、行くよ!」

琴美はミアに促され、立川駅に向かった。待ち伏せすることに若干の後ろめたさはあったが、誰かに引っ張っていってもらえると楽だった。

ミアとはここ最近、毎日のように会っている。

新太の行方を捜すためではあったが、ついでに買い物をしたり、カラオケをしたり、ミアがTikTokを撮影するのを画角の外から覗かせてもらったり。琴美は、これでいい気がする、とも考えはじめていた。こんな風に、それなりに楽しく日々を過ごしている内に、彼のことを考える時間が減っていけば、それで。

しばらく電車に乗り、新太が暮らす立川の街に着いた。駅前の人通りは多かった。新太からは、駅から少し離れた静かなところにマンションを借りている、と聞いていたが、それだけではあまりに手がかりが少ない。

ほとんど博打のような心持ちで、駅前の人通りを見渡せるカフェに居座ることにした。窓側のカウンター席に並んで腰掛け、日曜午後の人通りを見つめる。カップルと思しきふたり組や、親子連れの姿を目で追ってしまう。新太と共に、あんな風に休日を楽しむ未来もあったのだろうか。

アイスコーヒーを啜りながらミアが言った。

「ここのところさ、私らずっとふたりでいるじゃん。学生時代に戻ったみたい」

「たしかに！　最近さ、ミアと行った花火大会のことけっこう思い出すよ」

「うわ懐かし～」

あの時にミアがかけてくれた言葉、私の宝物だよ。

そう言いかけたが、目の前の光景に声が出なかった。

駅から出てきた人波の中に、新太によく似た後ろ姿があったのだ。

「ちょっと、ごめん」なんとかそう言うと、琴美は店を出て、走りはじめた。新太がいたらいいのにと願っていたのに、本当に彼がいるかもしれないことに驚いていて、自分がどうして走っているのかもよくわからなかった。心は重たいのに、すぐに彼へと近づいていく。近づくと、恐怖が生まれた。もし新太さんだったら、なにを言う？　私は、新太さんになにを言ってもらいたいんだ。いなくなった彼を見つけて、どうなりたいんだろう。

琴美の手は、彼の肩に触れなかった。ギリギリのところで、自分から、ひっこめてしまった。立ち止まり、後ろ姿から目を逸らす。それでもなにか気配を感じたのか、彼は数歩進むと、ふり返った。

「琴美、大丈夫？」

ミアが会計を済ませ、追ってきてくれた。

「ひょっとして、あの人」

「ううん。違う人だった。違う人で、ホッとしちゃった」

その男性は、怪訝《けげん》そうにこちらをちらちらと見ながら、駅前ロータリーの街灯に寄りかかりスマホを弄りはじめた。それからすぐ、待ち合わせの女性が現れ、ふたりは去っていった。その女性は琴美とよく似た髪型をしていたから、琴美は、髪を切ろうと思った。あのふたりには、なんの関係もないけれど。

大音量で音割れしている「ゆうやけこやけ」のメロディが聞こえてきた。17時15分を知らせるチャイムだ。

突然に向こうから、飼い主たちに連れられた十数匹もの犬がやって来た。近くにドッグランでもあるのだろうか。その中にはとことこと歩くチワワがいて、可愛い可愛いと道ゆく人たちに写真を撮られていた。チワワが広場を横切っていくと、一匹の大型犬が猛烈に吠え立てた。飼い主はひどく申し訳なさそうに何度も謝り、リードを無理に引っ張っていく。琴美はその様子をじっと見つめた。

「釈然としない顔してるね」

琴美の考えを見抜いたようにミアが言う。

「だって。犬が吠えるのは普通のことじゃん」

「大型犬ばかりだったら飼い主も謝らなかったかもね」

「どういうこと?」

「そばにはチワワがいる。大型犬がもしかしたら傷つけてしまうかもしれない。あの飼い主は、ギャラリーたちがそう思うかもしれない、ということを察したんだよ。強い力を持っていることは、よろしくないことなんだよ」

そんな大袈裟な、と琴美は思ったが、大型犬が吠えたことでチワワの愛くるしさが際立ったのは確かだった。

ペットショップにチワワが増えた。通りに面したショーケースには詰め込まれたように所狭しとチワワが並び、それを背景にTikTok動画を撮ることが流行った。動画に映る人たちはみんな一様に、「チワワフィルター」と呼ばれる加工で目が大きくなっていた。琴美自身は一連のチワワブームに乗り気になれなかったが、会社の人たちは違っていた。たまに関と外回りでいっしょになると、関は決まってペットショップでチワワの写真を撮ってInstagramに投稿した。他の社員たちも似たテンションで、チワワという存在が日常にあることを楽しんでいる。

9月1日はとりわけ忙しかった。会議がいくつもある日で準備に追われ、休憩が取れたのは夕方になる頃だった。財布を片手にビルを出、深呼吸する。このところ仕事の忙しさや新太のことで精神的に追い詰められていた。茜色に染まる渋谷の空を眺めながらコンビニへ向かっていると、向いからやってきた全身黒ずくめの人物に肩をぶつけられた。怯《ひる》んでしまったが、我に返って手元を見ると、とりあえず財布は無事だった。

「なんなんですかね」

オフィスに戻り、休憩が被った榊原《さかきばら》に愚痴を聞いてもらった。榊原は十歳ほど上の女性で、壁掛けのテレビが消音で流れる休憩スペースで五穀米のおにぎりと春雨スープを食べながら、琴美の話に眉をひそめる。

「それって男？　男だよね。男しかそんなことしないもん。女を舐《な》めてるんだよ」

榊原はそれから、世の中が如何に女性に不利にできているのかといつものように語った。そのことには賛同するし榊原の物言いに励まされる時もあるが、今は疲労感が勝ってしまい、ただ空返事をするばかりだった。

先週、榊原と関が口論していた。どういう経緯でそうなったのか、榊原が女性としての苦労を関相手に延々と語っていた。関はというと、「ええ。ええ。大変でしたよね」「むちゃくちゃな時代でしたもんね」と表面上は一定の理解を見せながらも、隙を見ては「でも男だって。いやむしろ男の方が大変ですよ」と唾を飛ばしていた。その口論は次第に、苦労自慢というか、「男」と「女」どちらがより弱い立場にいるのか、という点に焦点が置かれはじめた。相手の弱さを糾弾するのではなく、自ら弱さをアピールする。まるで、「弱い」方が優位なのだとでもいうように、弱さが競われていた。

面接で〝傷〟を語った学生たちのことが頭に浮かんだ。あの子たちももしかして、そういう話をすると有利になるからと、心のどこかで思ったのだろうか。

いや――と琴美は頭を振った。

〝傷〟を疑うなんて、意地悪すぎる。

と、通りかかった関が、榊原に気まずそうな顔をしながらも、「田井中ちゃんそれいいね」と言った。

「はい？」

「そこそこ」

「えっ、どこですか」

服になにかついているようだと手でスーツをぺたぺた触ってみると、肩の後ろにつるりと硬い感触があった。爪を引っ掛けて引っ張ると、チワワの顔がプリントされた丸いステッカーだった。先ほどぶつかった拍子に貼りつけられたのかもしれない。そう考えると微かに寒気がした。

「あたりだね。ほら、ちょうど今、やってるよ」

関がテレビの音量を大きくする。夕方のワイドショーで、チワワ関連のニュースを取り上げている。このところ、8月8日のチワワテロをオリジナルとする模倣犯が発生しているらしい。オリジナルはピンバッジだったが、模倣犯はステッカーやキーホルダーなどを無差別に取りつけている。キャスターは今のところ危害はないが注意が必要です、と言う一方で、模倣犯のターゲットとなることを縁起物のようにありがたがる声もあることを紹介した。それから、ＬＩＮＥスタンプの売上ランキング上位がデフォルメされたチワワのスタンプに軒並み占められていること、潤んだ瞳でこちらを見つめるチワワのＧＩＦ動画がスパムとして流行していることなどを伝えた。

「さてこのチワワテロに端を発する一連のムーブメントについて、益野《ますの》さんはどう思われますか」

話を振られたコメンテーターの社会学者が、「チワワというのは象徴的ですよね」と切り出した。

「現代人には、弱くなりたいという願望があるのだと思います。弱いということは、脅威ではないということなんです。少し穿《うが》った言い方になってしまいますが、炎上や告発などが身近な現代社会では、力を持っているというだけで、つまり、強い存在であるというだけでより可燃性のリスクが高まるということなんです。もちろん、まっとうな炎上や告発には社会を良くする作用があるでしょう。けれど、よく考えてみてください。本音を言えば自分がなによりも大事ではないですか？　誰だって、批判されたくはありませんよね。炎上したくはありませんよね。そうした感情は、なにも表舞台に立つ人間だけのものでなく、広く共有されているものではないでしょうか。つまりですよ、現代社会では、自分を守るために、弱くいることが求められるんです。みんな、チワワのようになりたいんですよ。弱くなりたいんですよ。強くない、安心できる弱いものとして持て囃《はや》されたい。その願望のあらわれとして、今こうして、チワワに関する様々な現象が噴出しているのではないのでしょうか」

身に覚えのある話だった。でも一方で、強い違和感が琴美の中に芽吹きはじめた。

その日の夜、琴美はミアに「チワワテロを追ってみたい」と提案した。

「どうして？　新太さんと繋がりはないと思うって前は言ってなかったっけ？」

「ちょっと、気になるんだ。どう気になるかもまだうまく言葉にできないけど。あの記事を書いた人、知り合いだって言ってたよね。会えないかな？」

「〝ラブアワ〟に来てくれてる子だからアポイント取れると思うけど」

「向こうが良ければ、ぜひ」

会って、それでなにになるというのだろうという気持ちもあった。チワワのピンバッジを追っても、新太の行方についてわかるはずがない。そう思う反面、この妙な気味の悪さを無視してはいけない気がした。

記事を書いたライターとは、ミアの個人オフィスで会うことになった。

9月6日、土曜日の20時。表参道《おもてさんどう》駅まで迎えに来てくれたミアとふたりで、駅から徒歩五分の雑居ビルへと向かった。アパレルショップや美容室が並ぶ通りを渡り、横道に入る。

「ライターさん、ビルの近くの喫茶店で原稿作業してるって。今日琴美と会うの楽しみだって」

「忙しいのに悪いことしちゃったかな」

「着いた。ここだよ」

なんの変哲もない雑居ビルだったが、入っているテナントは琴美も知っているアパレルブランドや香水ショップばかりだった。

ミアの案内で階段を登っていくと、踊り場から各テナントの様子が垣間見えた。

四階に着くと、ミアは廊下をまっすぐ進み、突き当たりにある白い扉を開けた。

中に広がるのは、オフィスというよりも小洒落《こじゃれ》たカフェのような空間だった。大人数で交流ができるサロンと、会議室、カメラやグリーンバックなどの機材が置かれた配信スペースという三つの区画に分かれていた。西向きの壁一面が鏡張りになっている大きな一部屋だ。元々ダンススタジオだった名残りらしい。

「〝ミアルーム〟へようこそ」

「ミアルーム?」

「事務所の名前。みんなは〝ルーム〟って呼んでる」

「私ここ、落ち着くな」

部屋の設《しつら》えに感心していると、サロンスペースのソファ席に通された。ラブアワはこのスペースを使って行われているそうだ。

インターホンが鳴ると、「開いてますよー」とミアは応答した。

「すいませんちょっと遅れちゃいましたか?」

玄関のドアを開けて現れたのは、内定者の観月優香さんだった。

「えっ。観月さん」

「どうも! おひさしぶりです。こんにちは〜。あ、こんばんはかっ! こんばんは〜」

「もしかして、あの記事を書いたのって観月さんなの?」

「そうです、そうなんです! あのー私、アルバイトとして書き物仕事をしてまして。あ、もちろん、大学卒業のタイミングでストップしようと思ってるんで、Gofeat さんに迷惑かけたりはしないので」

オーバーサイズの紫のスウェットとクリーム色のカーゴパンツというラフな格好だった。就活時のスーツ姿にひっつめ髪という堅いイメージとのギャップがある分、幼い印象を受ける。

観月さんは内定先の先輩である琴美が目の前にいることに緊張しているのか、不自然なほど明るく振る舞っていた。

「あの、大丈夫。緊張しないで。学生と人事っていう立場、今は忘れて。てか、内定おめでとう。この間電話でも話させてもらったけど、観月さんが入社してくれることになってうれしいです。あ、仕事のこと持ち出しちゃってるの私の方か。ミアはさ、私たちが知り合いだって知ってたの？」

「うん。会えないかお願いした時に優香ちゃんから聞いた。優香ちゃん、来年から琴美の後輩になるんでしょ？　すごい偶然だよね」

「そっ、そうですね！　すごい偶然ですねっ！」

「いや優香ちゃん、私にも緊張しなくて良いからね？」

今の大学生ってなにが好きなのかとか、自分たちの時はこうだったなど、しばらくお茶菓子をつまんで取り止めのない話をした。こうして対面していると、ただの気安い歳下の女の子という感じがして、立場を抜きにしてあらためて観月さんに好感を抱いた。観月さんは、ここから電車を乗り継いで三十分ほどのところに住んでいるらしい。ミアの提案で、さっさと本題に入って、あとは終電まで近くの居酒屋で呑もうということになった。

「あのー、すいません！」

観月さんが、いきなり深々と頭を下げた。

「結論から言っちゃうと、あの記事に書いた以上の情報って摑んでないんです。ミアさんから今日のお誘い頂いて、ミアさんと、それと田井中さんにも会えるんだー、って思ったら、私テンション上がっちゃって、それで今日、ぬけぬけとやって来ちゃいました」

進展がないかもしれないのは予想していたことだった。観月さんが謝ることではないよ、とフォローする。

ミアはふたりでいる時よりも口数が少なく、成り行きを見守っているようだった。ファンとの距離感は難しいものなのだろう、と琴美が率先して場を回す。

「どうしてあの記事書いた人に会いたかったかっていうとね、私のつきあってた人っていうか、もう少しでつきあいそうだった人が、チワワテロに遭ったんだよね。それで、ピンバッジのことを尋ねたあとから様子がおかしくなって、急に連絡取れなくなっちゃったんだよね」

「関係があるってことですかね。チワワテロと」

「まだわからないけど、とにかく、手がかりになりそうなことはなんでもいいから知りたいんだ。そうだ！　あのさ、記事にはチワワテロは8月8日に起きたって書いてあったけど、新太さんはその前の日にピンバッジつけられてたよ」

「えっ、ほんとですか?」

観月さんは、ほんとですか? ともう一度繰り返した。

琴美よりも早く、ミアが「そうなんだって」と言う。

観月さんは、琴美ではなくミアを見つめながら続けた。

「少なくとも観測できた範囲では、8月8日よりも前にチワワのピンバッジに言及してる人って、ひとりもいなかったんですけどね」

「じゃあ、新太さんだけ特別ってこと?」

「どうなんでしょう……」

「8月8日と8月7日か」ミアはiPhoneを操作しながら呟いた。「8日は、葉っぱの日、歯並びの日、ヒゲの日……7日は鼻の日、バナナの日、日本初のトランジスタラジオが発売された日。少なくとも、チワワに関係がありそうな日ではないね」

「観月さんは記事以上の情報ないって言ってたけどさ、どんな些細なことでも良いから、取りつけられた人たちに共通点とかなかった?」

「うーん。共通点。共通点か。強いて言うと、有り過ぎる、って感じですかね」

「有り過ぎる?」

「とにかくチワワテロに遭った人の数が多いんですよ。八百人は優に超えてる。当然その中には、性別も年齢も職業も、セクシュアリティだって様々な人がいるけど、八百人もいたら、かなりの要素がそれぞれ重なり合ってて。一応、該当する人のSNSでのプロフィールや投稿はざっとチェックしました。まあ、SNS上に表れる限りですけど、わかりやすい共通点って見当たらなかったんですね。日本語ユーザーばかりだった、くらいは言えますけど」

「じゃあ、旅行で日本に来てる外国の人とかは狙われなかったってこと?」

「そうなりますね。いろいろな外国語でも検索してみたんですけど、日本語以外で被害に遭ったと投稿している人はゼロでした」

うーん、と琴美は、子どもの頃に再放送で見たドラマの探偵のように、歩き回って考えてみる。

「もし無差別に狙ったんだったら、旅行でやって来てるような外国籍の人も含まれるのが自然だと思う。ピンバッジを取りつけるのだけが目的だったら、それこそ日本に不慣れだったり、大きな荷物を持ってたりする旅行者の方が狙いやすいんじゃないかな。だから、チワワテロのターゲットは、無差別じゃないってことなんじゃない?」

「なるほど」観月さんが頷いた。

「ピンバッジを取りつけること自体よりも、別に目的があるんだよ。でも、なんの目的が」

琴美が言うと、ミアがこう答えた。

「それはやっぱり、どうしてその人たちが選ばれたか、が明らかにならないとわからないんじゃない？」

焼き鳥屋で、琴美は観月さんにたくさんの質問をした。新太と観月さんの共通点が見えれば、そこから先に繋がるかもしれないと思ってのことだった。

観月さんは琴美からパーソナルなことを聞かれると面接のように感じてしまうのか、やけにかしこまった様子で、「趣味は配信を見ることです。ここ数年のいちばんのよろこびは、やっぱりミアさんを見つけたことです」「起きる時間は、その日に入っている予定次第ですね」「ルーティーン……なんでしょう、ああ、出かける時は、弟の写真に『行ってきます』と言うことですかね」などと仰々しく答えた。

「弟さんいるんだ。離れて暮らしてるの？」

人事部の仕事として観月さんのＳＮＳを調べた時には、弟さんについての書き込みは見当たらなかった。

「事故で亡くなってしまって」

「あ……ごめん。ごめんね。つらい話させてしまったね」

「弟が遭ったことと比べると、私はなんてことないですよ。あの、弟のこと、他の人には話さないでもらえますか？」

「え？」

「弟のこと、そっとしておきたいんです。あまり話が広がると、弟が弟じゃなくなっちゃうので」

どういうことだろうと思ったが、他人の身内の不幸を言いふらさないというのは当然の節度だ。「わかった」と琴美は頷いた。

ミアは大きなため息を吐くと、観月さんの頭をわしゃわしゃと撫でた。「優香ちゃん、つらかったね。がんばってきた。がんばってきたよね」とミアは言った。観月さんは驚いたようだったが、瞳を潤ませ、やがてミアに寄りかかった。

「大丈夫だから。ここでは、私の前では気を張らなくて大丈夫」

ミアの言葉で、観月さんの目からは堰《せき》を切ったように涙が溢れた。

琴美は、ふたりのやりとりをそばで見ながら、静かに感動していた。観月さんの弟さんに対しての、琴美自身のやり切れないような、悼《いた》む気持ちに、この情況への微かな昂《たかぶ》りが混じるのを感じた。

これが、ミアなんだ。人が泣きたいタイミングを逃さずに、ちゃんと泣かせてあげることができる。人の我慢や意地をいとも簡単に解きほぐしてしまう。

「今日はもう飲もう！」

「でも、終電が」観月さんが泣きじゃくった声で言うと、「大丈夫。土曜日だし、いざとなったらルームに泊まっていけば良いから。琴美も泊まってけばいいからね。よし！　飲もう」

そこから、店も変えずに夜中まで呑んだ。

日付が7日へと変わる頃、観月さんは電話をしに外へ出た。ミアが急なメールの返信をしなきゃと忙しくスマホをタップしはじめたので、琴美は観月さんのあとを追いかけるように夜風にあたりに行った。

通りは静かだった。店から少し離れたところで電話をする観月さんの声が聞こえてくる。

「……現実的に、どれくらいですかね。三万もあれば充分ですかね。どうだろう。実際の規模感、もうすぐ見れるかと思うんで。でもまあ、これってあくまで第二案の話なので、もう少しブレストが必要ですよね。また改めて相談させてもらえたら。はい。このあとの展開次第ってことで。そうなったら、いちばん盛り上がったタイミングが良いですよね。そうですね。メッセージもいっしょに考えましょう。はい。それじゃあ。また」

三万円のプレゼントでも買うのだろう。話の内容のわりに、観月さんの口調は張り詰めていた。

「サプライズでもするの？」

琴美が声をかけると、「わあ！」と観月さんは大袈裟に驚いた。

「そうですそうです！　ちょっと大学の友だちにサプライズする予定があって、その打ち合わせを」

打って変わって明るい口調だ。

せっかくだしと夜道を少しふたりで歩きながら、そういえば、と琴美は聞いた。

「どうしてラブアワに入ることにしたの？」

「ミアさんにあこがれたっていうのがいちばんの理由なんですけど、弟が亡くなってしばらく、どん底だったんですよね。そんな時にミアさんの配信を見たんです。『大丈夫だよ』っていう、たったそれだけのミアさんのひと言で、全身がなにかあたたかいものに包まれてるみたいにリラックスして。この人に会いたい、この人に私の話を聞いて欲しいって思ったんです」

「あー、なんかわかるなあ。ミア、まぶしいもんね」

「そうなんですよ！」

観月さんは琴美の手を取って飛び跳ねるようによろこんだ。

「ミアさんは私のアイドルなんです！　わかってくれますか？　あのっ、琴美さんって高校生の時からミアさんとお知り合いなんですよね。よかったら昔のミアさんのこと教えてくれませんか」

観月さんの目がいつになく輝いている。

そうか、と琴美は思う。

私たちどっちも、ミアに光を分けてもらっているんだ。

ミアが本当はファッションセンスがないことだとか、ミアとの出会いだったりを伝えると観月さんは一層テンションを上げた。一気に距離が近づいたようになり、観月さんは趣味で喫茶店めぐりをしていることや、このあたりのおすすめの喫茶店を教えてくれた。自分でもはしゃぎすぎだと思ったのか、時おり面接時に見せたような真面目な表情に戻り、琴美はそのことがおかしかった。

店に戻り、それから三人でなにを話したのか、新太への愚痴をひたすらぶちまけたこと以外、琴美はろくに覚えてもいない。観月さんに気を許したこともあってか相当に酔ってしまって、途中からはうつらうつらとしていた。そんな状態でも記憶に残っているのは、ミアが時々観月さんになにか囁《ささや》いていて、その度に観月さんは、「はいっ。はいっ」と熱心に頷き、うっとりとした表情を見せていたことだった。

叫び声を聞いたのは、店を出て、ミアルームのある雑居ビルへと差しかかった時だった。

第2章　チワワフェス

観月さんが、ビルの地下フロアへの入り口からなにか音が聞こえると言った。

深い夜の中で、地下への入り口は一層暗く見える。

「地下にイベントスペースがあるから、まだなにかやってるのかも」

「こんな夜中に？」

耳を澄ませると、確かにシャッターが揺れる音と、それに交じって、叫び声とも地鳴りとも判別つけ難い音が聞こえてきた。男性の声かもしれない。静まった夜中でなければ、聞き逃していただろう。

ブレーカーが落ちているのか、地下へと続く階段の灯りは点《つ》かなかった。ミアのiPhoneのライトを頼りに階段を降りていく。階段を降りた先にある、地下フロアのシャッターが閉ざされていた。またシャッターが揺れると、空間に反響して雷が落ちたような音が響いた。

「だっ、だれかー」

シャッターの向こうから、怯え切った声が聞こえた。

「あのー、大丈夫ですか?」

鍵を開けてくれ、と声の主は言った。隅の傘立ての下に隠してあるから、と。言われた通りに傘立てを持ち上げると、小さな鍵があった。錠を開け、シャッターの端に手をかけて三人で勢いよく持ち上げると、ごろんとずだ袋でも倒れ込むように、三人の男がもつれ合いながら外へ出てきた。

二十代後半から三十代前半くらいの、背格好がよく似た三人だった。三人とも中肉中背の黒髪で、ひとりは黒縁の眼鏡をかけ、ひとりは口周りに髭《ひげ》をたくわえている。あとのひとりは両耳に派手なピアスをし、ひどく青ざめた顔をしていた。イベントスペースはもわもわと肌にまとわりつくような熱気に満ちていた。やはり、ブレーカーが落とされているのだろう。

男たちの足元には、白い綿毛のようなものが大量に散乱していた。

観月さんが前方をライトで照らすと、巨大なチワワの顔面があり、入場ゲートのように左右にアーチを伸ばしている。

「一体なにが」

「これは、なに?」

琴美と観月さんの声が重なった。

突然、照明が一斉に点いた。ゲートの奥には白を基調とした空間が広がっていた。なにか催し事の準備なのか、「出店店舗」と描かれた大きな地図や動線の案内などが会場の奥に掲示されていた。

いつの間にこの場を離れたのか、「ブレーカー上げてきたよ」と言いながら、ミアが戻ってきた。

「これ、なんですか?」

観月さんが綿毛とチワワを指し示した。

「フェス開こうとしてたんだよ」

「フェス?」

「チワワフェス。チワワテロ関連のグッズだとかおもしろいもの集めてさ、壁にいろんな映像を投射して。そのリハを今日一日かけてしてたんだ。そしたら、夜の七時くらいかな。閉じ込められて、何時間もここに。元々圏外だし、Wi-Fi はあるんだけど、なぜか繋がらなくなっちゃって。あの、なんか飲み物持ってたりしないかな」

男たちは疲弊してはいるが、無事ではあるようだ。

琴美は通路沿いの自販機で三人分のミネラルウォーターを購入した。隣接する自販機に菓子類があったのでいくつか買い、テーブルの周りでぐったりと座っている男たちに渡すと琴美は聞いた。

「あの、グッズを集めてイベントをするってことは、あなたたちがチワワテロを起こしたんですか?」

水を一気に飲み、菓子をむさぼるように口にしながら、「俺たちが?」と黒縁眼鏡の男は笑った。

「違う違う。俺たちはただ、話題性と金が必要なだけで」

「そういう言い方はないだろ」

血色が戻りつつあるピアスの男が言った。ポケットにある名刺入れから一枚を取り出し、琴美たちに手渡した。

名刺には、「株式会社　Y・トゥギャザー」と記されている。

「ユーチューバー事務所ですね」

とミアが言った。

「最近は配信業界も厳しくてさ、話題になりそうなイベントに片っ端から手を出してるんだ」

三人の中でいちばん若く見える黒縁眼鏡の男がぎりぎりと表情を歪ませ、受付の台を勢いよく蹴った。

「あいつ、許さねえ！」

おい、と口髭の男が言うが、止めるつもりはないようだ。

「こんなことするの、あいつに決まってる。あいつは俺たちが電波の届かないこの場所に集まるのを狙ったんだよ。俺たちを閉じ込めて、Wi-Fiも切断した。ぜんぶ、あいつがやったんだ」

あいつ？

琴美はＬＩＮＥを開き、既読のつかないメッセージの数々を眺めた――〈急にいなくなって心配してます〉〈私のこと嫌いになっちゃいましたか〉〈あの、なにかしました？　したんなら謝ります〉

どうしてこんなタイミングで、新太さんの顔が頭に浮かぶんだろう。

「落ち着けって！」ピアスの男が窘《たしな》める。「まだそうだって決まったわけじゃないだろ」

「じゃあ他に誰が俺たちを閉じ込めたりするっていうんですか」

「だから、閉じ込められたって決まったわけじゃ」

「警察行きましょうよ警察。それであいつのこと訴えてやるんすよ」

「あの、その『あいつ』っていうの、ひょっとして」

黒縁眼鏡が琴美に言った。

「あんた、ＭＡＩＺＵのこと知ってんのか」

「ＭＡＩＺＵ？」

新太さんじゃないのか、と拍子抜けした。

でも、新太さんがこの人たちを閉じ込めていなくて良かったとも思う。

安堵と残念な気持ち、どっちが大きいのだろう。

「ＭＡＩＺＵってあの、ユーチューバーの人ですよね」

「なんだよ、面識あるわけじゃないのかよ」

琴美の肩に手を置いて、ミアが言った。

「〝正義の配信者〟のＭＡＩＺＵ。四、五年前だよね。あの人が流行ってたのって」

「けっこう前だね。なんとなく最近の人だと思ってた」

「優香ちゃんは知ってるかな。ＭＡＩＺＵのこと」

「はい」

観月さんはきっぱりと答える。

「じゃあ、あまり知らないのは私だけか」

「ＭＡＩＺＵはさ、今じゃ落ち目で炎上商法ばっかりだけど、ちょっと前まではかなり人気だったんだよ」

五年前に活動をはじめた当初は「迷惑行為通報系」と自らを称し、ポイ捨てや、電車でマナーを守らない乗客、一般人同士の諍《いさか》いなどの迷惑行為を撮影・投稿していたのだという。

「本人は真剣に正義のつもりだったんだろうね」

次第にファンが増えはじめたMAIZUのチャンネルには、彼といっしょになって迷惑行為を非難するコメントが溢れた。そのうちにMAIZUは、「迷惑行為を見かけたら俺に送ってくれ。俺らで日本の治安を守ろうぜ」と視聴者が撮影した迷惑行為動画を募集するようになった。

「それでMAIZUとMAIZUのファンたちは、『警察が見過ごす小さな悪を俺たちが裁いてる』って言い張るようになった。実際、最初のうちは賛同の声の方が多かったんだよね。週刊誌とかワイドショーとかにも取り上げられてさ。MAIZUの動画は人の顔にモザイクもなしだったから、『たとえ相手が誰であってもプライバシーは守るべきだ』とか批判する意見もあったけど、それ以上に、MAIZUたちといっしょになって迷惑行為をした人を叩く意見が大多数だった」

「あー。なんか、思い出してきたかも。なんか、別に検索したりもしてないのに、やたらとその人の切り抜き動画ばかりオススメされた時期あったな」

「チャンネル登録者も三百万人近くいたし、ひとつの動画で何百万とか再生されてたしね。

でも、潮目が変わったんだよね。三年前にＭＡＩＺＵは一度、表舞台から姿を消した」

「どういうこと?」

「ＭＡＩＺＵは、ある視聴者から提供されたひき逃げの映像を公開したんだ。道路に倒れている少年と、軽自動車から降りてパニックになってる運転手がかなり近い距離から映ってて、運転手は車に戻って走り去っていった。近くの建物の陰に隠れるようにして撮られたその映像をＭＡＩＺＵはいつもと同じように、広告がついて収益化される動画として公開したんだよね。ひき逃げ犯は逮捕されたんだけど、犯人以上に話題を呼んだのは被害者だった。血を流す少年の胸の中には一匹のチワワがいた。きっとこのチワワを助けようとして道路に飛び出してしまったんだろう、ってＭＡＩＺＵは、被害者のことを『チワワを救った少年』として持ち上げた。そうやってひき逃げ犯の醜悪さを強調しようとしたんだろうね」

チワワを救った少年、と琴美は呟いた。

「しばらくは世の中的にも美談として『チワワを救った少年』は持て囃された。その一方で、撮影者とＭＡＩＺＵへの非難も相次いだ。『人がひとり亡くなってるんだぞ』『こいつが撮影なんてせず、すぐに救急車呼んでたら助かったんじゃないか』『ネットに上げる前に警察に提供するのが人として自然な振る舞いでは』なんて具合に。これまでの動画に対しても『正義なんかじゃなくてただ関心を集めたいだけだろ』って、非難の声ばかりがＭＡＩＺＵを取り巻くようになったんだ」

　チワワを救った少年——押し込めていた嫌な記憶が溢れてくる。その言葉がまるで流行語やテレビドラマみたいに、コンテンツのひとつとして扱われていたのは、三年前のことだ。琴美はよく覚えている。推しのアイドルが〈チワワって可愛いよね〉というテキストを添え、チワワを抱いて横たわる写真を投稿したことが、売名行為だとして炎上したのだ。そんな不謹慎なことをする人間だとは予想していなかった分、失望で未だにライブに行ったりするのをためらってしまう。当時はその炎上騒動に夢中で、他のことを頭に入れている余裕なんてなかった。そうか、あの件も、元を辿《たど》ればＭＡＩＺＵが関わっていたのか。

　ミアの話をじっと聞いていたピアスの男が、感心したように「詳しいんだね。びっくりしたよ」と口を開いた。

「まあ一応、同業者なんで。自分が炎上しないために、きな臭いニュースもチェックしておかないと」

「え？　配信してるんだ。なんて名前でやってる？　君みたいな綺麗な子、世の中がほうっておかないでしょ」

　ミアが作り笑いを浮かべてあしらっていると、観月さんが手に持っていたペットボトルを落としてしまい、中身のアイスティーがさーっとテーブルに広がった。観月さんは淡々とテーブルを拭きながら聞いた。

「MAIZUってどんな顔なんですか？　何歳？　男の人？」

「あー」口髭の男が、もごもごと答える。

「MAIZUは配信外でも顔出ししないんだよ。常に仮面を被ってる。声も加工してるから年齢不詳」

検索して出てきた画像から窺《うかが》えるのは、口元と、仮面から覗く目元だけだった。そのどちらも新太と似ているような気もしたが、本人だと言えるほどの確証はない。新太じゃないという確証もまたないのだと、琴美は動悸が速くなるのを感じた。

「俺らだって、あいつの顔も声も知らないんだもんなあ。打ち合わせだって画面越しだし」

ピアスの男が、半ば呆れたようなトーンで口にする。

「みなさんはMAIZUとどういう関係なんですか？」

「あいつ、最近までウチの会社に所属してたんだよ」

「最近までってことは」

「辞めてもらった」

とピアスの男は言った。

「MAIZUも何年か前までは一応〝時の人〟ではあったし、ウチとしても彼をどう扱おうか気を揉んでたんだけどね。ちょっとね、もうこちらの手に余るっていうか」

「クソ野郎なんだよ。あいつも、そのファンも」

黒縁眼鏡の男は険しい顔をした。

「ひき逃げ事件の動画以降、あいつは、より過激になったんだよ。正確には、あいつのファンたちが。だんだんあいつらは、もう正義でもなんでもなくなっていった。迷惑行為をする奴だけじゃなくて、ＭＡＩＺＵやファンのことを批判する連中を特定して晒すようにまでなった。そこまでいくと、世間の反応がどう変化するかわかる？　無視だよ、無視。一時期はＭＡＩＺＵのことを持ち上げてたメディアも、きっぱり無視するようになった。皮肉にも一部のヤバいファンは一層活気づいた。自分たちのことを『タブー視された正義』とか呼びはじめて、半ば自虐、半ば悦に入りはじめた。今じゃ、あのチャンネルはヤバい奴らの溜まり場だよ」

黒縁眼鏡の男がそう吐き捨てると、ピアスの男が苦笑いしながらフォローした。

「こいつ元々ＭＡＩＺＵのファンだったんだよ。なあ。ＭＡＩＺＵにあこがれて動画投稿はじめたり業界に入ったって奴はわりかしいるんだ。でもあとに残ったのは過激化したファンだけだ。ウチの事務所も、イメージっていうものがあるからさ」

「クビにした腹いせで俺たちのこと、この場所に閉じ込めたんだ。そうに決まってる」

許さねえからな、と黒縁眼鏡の男は続けたが、琴美は、それはなにに対してなのだろう、と考えた。閉じ込められたことにではなく、ずっとファンでいたかったのに、と叫んでいるように聞こえたのだった。

二日酔いで目が覚めると、すでに夕方だった。一瞬、自分がどこにいるのかわからなかったが、「おはよう」というミアの声がした。「コーヒー飲む？」

「そうか、昨日、泊まらせてもらったんだっけ」

「正確には今日の朝ね」

三人の男たちをタクシーに乗せ、琴美たちはミアルームへと引き上げた。琴美は思わぬアクシデントに妙に頭が冴えてしまい、ミアと観月さんが眠ったあともひとりチューハイを飲んでいたのだった。

「そういえば、観月さんは？」

「帰ったよ。今日は大学の友だちと予定があるって。私も、このあとちょっと用事がある」

「じゃあ私も帰ろうかな。長居しちゃってごめんね」

体が重たかった。帰ったら長風呂してデトックスしようと考えながら、駅までのろのろと歩いた。電車の吊り革に掴まりながら、〈昨夜はありがとうございました！〉とわざわざ長文のメッセージを残してくれていた観月さんへの返信を打ち込む。かばんに常備しているロキソニンをウーロン茶で呑み込んだ。

YouTube アプリを開いて「ＭＡＩＺＵ」と検索した。公式チャンネルをタップし、「人気の動画」一覧をチェックする。二日酔いの今しなくても良いような気もしたが、あとで見ようと思うといつまで経っても見ないのだからと自分を納得させ、イヤホンを嵌めた。

どの動画も、上下白のぶかぶかのスウェットを着て白い仮面を被ったＭＡＩＺＵがソファに腰掛けながら、自ら街でカメラに収めた迷惑行為や視聴者投稿の動画にコメントしていくというスタイルだった。ＭＡＩＺＵはワイプの小さな枠に収まり、自身のコメントと投稿動画内の音声が区別しやすいようにテロップのフォントは色分けされていた。ＭＡＩＺＵのコメントには、「はいこいつ、万死に値します」「クズ・オブ・ザ・クズです」「日本の恥やね」などの決め台詞があるようで、YouTube 上にはそれらが発せられたシーンをまとめた切り抜きなども存在した。

流石に、例のひき逃げ動画は削除されているようだった。

ＭＡＩＺＵは、まだ画質も編集も拙《つたな》い初期の頃の動画でこう言っていた。

「この人たちは、俺が裁かないといつまでも迷惑行為を続けてたと思う。こう考えてください。この人たちは、『正義の配信者ＭＡＩＺＵ』に裁かれることで、人生やり直すチャンスを得たのだと」

もしかしたら、本心だったのかもしれない。その頃はファンの声も過激なものばかりではなく、社会の現状を考えようとする真剣なものも見受けられた。けれど、回を経る毎《ごと》にＭＡＩＺＵも視聴者もどんどんエスカレートしていった。琴美はその様子に、じんわり滲み広がるような嫌悪感と、微かな憐れみを抱いた。

それから「チワワを救った少年」のことも検索した。三年前当時の、チワワを助けた少年の振る舞いを美談とする有名人たちの発言やネット上の反応を扱った記事と、ＭＡＩＺＵを批判する記事が入り乱れていた。

少年が亡くなった当時、「#チワワを救った少年よ永遠に」というハッシュタグをつけて、お悔やみの言葉やチワワのスタンプをＳＮＳに投稿するのが流行した。推しのキャラクターに「Ｒ．Ｉ．Ｐ．」という吹き出しをつけたりするムーブメントなどもあったようだ。

事故現場にも哀悼のメッセージカードや花束が溢れた。それだけではなく、逮捕されたひき逃げ犯への殺害予告なんかもあった。それもこれも、ＭＡＩＺＵが少年の死を尊くて美しいものとして扱ったからだった。か弱い存在を助けて死んでいくなんて日本人として誇りに思う、なんていう風に煽動《せんどう》したのだった。

記事を漁る中で、気になることがあった。

ムーブメントの過激化を考慮して報道規制が敷かれたのか、「チワワを救った少年」の名前はどの記事やウェブサイトにも記載がなかった。居住地も明らかにされず、一五歳という年齢が記されているだけだ。それだけでは不思議ではないが、個人レベルのサイトやブログにさえ、少年の名前は記されていなかった。あれだけ話題になったのだ。いくらでも言及されていそうなものなのに。誰かが、途方もない数の削除申請でもしたのだろうか。

謎の監禁事件があったチワワフェスだったが、開催延期が告知されたものの、わずか三日後の9月10日には大々的に幕を開けていた。〈けっこう盛況みたいだよ〉とミアからメッセージが届いた。ミアルームの窓から撮影された写真には、当日券待ちの行列が映っている。主催の男たちが、閉じ込められたことを同情を誘うように話を盛ってSNSに投稿し、それが拡散されてかなりの話題を呼んだのだった。

「あっ、『チワワフェス』じゃん」

関が後ろから画面を覗き込んできた。

「田井中ちゃんも行くの?」

「も？」

「午前休取って行ってきちゃった」

無邪気に笑う関のシャツの胸ポケットには、ノック部分にチワワの顔が冠されたボールペンが挟まれていた。

「ん？　ああこれ、他のもいろいろ買ってきたから、なんかいる？」

「いえ大丈夫です。あの、不気味じゃないですか？」

「不気味？　なにがよ」

「流行ってるからって、まるでありがたいものみたいに手に取るのって」

「えぇーそう？　前から思ってたけど、田井中ちゃんってさあ、ちょっと変わってる？　あ、悪い意味じゃなくて」

天然っていうか、と関が続ける言葉を受け流すように聞きながら、琴美はオフィスを見回した。

そこここで、チワワがこちらを向いていた。

机の上に放置されたマグカップに、ファイルに貼られたステッカー、充電器用のケーブルホルダー。視界の端に影がさしたので見ると、ビル清掃の業者がフロアの窓の掃除をはじめるところだった。彼が腰から下げている作業用ポーチにも、チワワのキーホルダーがついていた。ストラップの先端で愛くるしい顔がくるくると回転していた。琴美は、目の前が霞《かす》むような嫌な予感に襲われた。

テレビでも取り上げられて会期も延び、人気が爆発したチワワフェスだったが、開催から二週間も経つと風向きが変わった。

流行っているということ自体が批判の対象になりはじめたのだった。

いつかワイドショーでチワワのブームについて語っていた社会学者はこう言った。

「これだけチワワフェスが話題になるとですね、私なんかはななめから物事を見たくなってしまうわけです。つまり、彼らが閉じ込められたのはですね、関心を集めるための自作自演だったのではないか。そう思っちゃうんですよね」

〈流行ってるから行きたい〉〈行ってみたけど大したことなかったな〉〈行列に並んでる人の顔ってぜんぶまぬけに見えて草〉〈閉じ込められたとか普通に警察行けよ〉〈こういうマーケティング見かけると失笑してしまう〉――どんな反応も吸収し、チワワフェスはさらに話題になり続けた。

主催の三人の男たちのメディア出演も相次いだ。一方で、黒縁眼鏡の男は閉じ込められたことをいつまでも根に持ち、連日ＳＮＳで、〈ぜんぶＭＡＩＺＵのせいだ〉と言い続けた。

当のＭＡＩＺＵはというと、この件については沈黙を貫いていた。ＳＮＳの更新や配信をしても、自分へのバッシングなど存在しないかのように振る舞っている。事務所退所に伴う炎上騒動の時と比べると、不気味なくらい静かだった。〈黙ってるってことは疾《やま》しさがあるってことだろ〉日ごとにそうしたコメントが増え、ＭＡＩＺＵへの疑念の声は溢れていった。

一連の騒ぎに、琴美は正直、ついていけない思いだった。誰が犯人なのか、それとも自作自演なのかと噂話のメイントピックは二、三日でころころと変わり、なにがなにやらわからないカオス状態だった。悪いのはこいつだという噂が流れると、相対的に「悪くない人」も決まった。話題に上る者は、「良い」か「悪い」か必ずどちらかの立場に押し込まれた。

琴美は、ミアが騒動をチェックしながら発したひと言をよく覚えている。

「ぴーぴー騒いでるこの人たち、おもしろいね」

そう言ったのだ。それから、

「みんながみんな、『悪い』かもしれないのにね」と。

チワワフェスが突如中止になったのは、９月25日のことだった。

【話題沸騰のチワワフェスが突然中止に。原因は無数のチワワ!?】

世間を賑わしているあるイベントをご存じだろうか。その名は〈チワワフェス〉。夏に発生した〈チワワテロ〉から続くチワワブームをピックアップした催しだ。今月はじめ、主催者たちが会場に閉じ込められるというアクシデントに見舞われたが、そのことがきっかけで話題が沸騰し、連日行列が絶えないイベントとなった。しかし、ある出来事によって中止に追い込まれることとなった――それは、折り紙。

9月25日の早朝、主催者のひとりがイベントスペースのシャッターを開けた途端、まるで水が溢れ出るかのように、おびただしい数の折り紙に足元を襲われたのだという。折り紙は、およそ200㎡のイベントスペースの床一面を隙間なく埋め尽くすほどの数だった。

そして注目すべきは、チワワの顔が折られていたということ。

丁寧に折られた十センチ四方のチワワ。その顔を開いていくと、ある言葉が書かれているのだった。

――ニセモノどもが、わたしたちを奪うな

そのメッセージは、まるでなにかを誇るように、一枚一枚に手書きされていた。

そして、〝傷の会〟という署名が残されていたのだ。

主催者はこう語る。

「いや、びっくりしました。シャッターを開けたら、突然視界が得体の知れないものに覆われて。途方に暮れましたね。すべて掻き出せばフェスを再開できるだろうと僕は思ったんですけど、共同主催の別の人間は、執念じみたその物量と、手書きの気味悪さに耐えられなくなっちゃって」

その彼は、チワワに襲われる夢を連日見ているという。

一体、なにが目的なのか。〈チワワテロ〉との関係は。そして、〝傷の会〟とはなんなのか。引き続き注視していきたい。

内定式を翌日に控えた9月30日。琴美は21時に会社を出ることができた。

待ち合わせ場所のもつ焼き屋に着くと、すでにミアと観月さんが集まっていた。

「お。おつかれ～。琴美も来たしさ、優香ちゃんそろそろ教えてよ」

琴美とミアは、見せたいものがある、と観月さんから呼び出されていたのだった。

観月さんはすでに酔っているのか、それとも緊張しているのか目が泳いでいたが、口調は台本を読むようにはっきりとしていた。

「〝笑うキズさん〟ってご存じですか？」

「笑うキズさん？」

「TikTok で話題になってるんです」

観月さんは TikTok のアプリを開き、「#笑うキズさん」と検索した。すると、女性が仁王立ちになって真正面を向いている動画が現れた。彼女は年齢不詳の面長で素朴な顔立ちをしていて、微笑んでいた。どうにも印象に残りづらい顔だった。

「これ、ディープフェイクで作ったアバターなんですよ」

「えっ。普通に本物の人にしか見えないね。この人がキズさん？」

「はい。見ててください」

キズさんは真正面を向いたまま、「そこらへんの偽善者ヅラしたインフルエンサーよりよっぽど見応えがある」「もうこういう奴らは殺せ」「人に迷惑かけるやつに限って開き直るんだよな」などと捲し立てはじめた。過激な言葉を放つ一方、微笑みは決して崩さなかった。

「なにこれ」

「こうした動画が何十本もあって、7月くらいからひそかに流行ってたんですよね。キズさんの不気味さと台詞は一体なんなんだって考察動画なんかも出回っていて、それによると、キズさんが話してるのは、MAIZUの動画にファンが残したコメントみたいなんです」

「ガチ?」

「ガチですガチ」

「その、キズさんはなにが目的なのかな」

「MAIZUとファンに恨みでも持ってるんじゃないですかね」

「でも、こういうの流行ったら、かえってMAIZUのページにアクセス増えない?」

ミアの言葉に、琴美は最近のチワワフェスの流行のことを思い浮かべた。

「わざわざチェックしにいくのは一部の考察界隈の人だけみたいで、ほとんどの人は、若い女性の口から悪口が出てくるのを楽しんでるだけだと思います。もしかしたら、キズさんがアバターであることにすら気づいてないかも。それで本題なんですが、笑うキズさんという名前で、なにか連想しないですか?」

琴美とミアは声を揃えた。

「〝傷の会〟」

「ですよね。そのふたつは、同じ存在のようなんです。実は昨日の深夜、正確には今日、9月30日に日付が変わった瞬間に、TikTokに新しい動画が投稿されたんですよね」

観月さんはタブレットをタップし、動画を再生した。


グリーンバックの背景の中央に、上下スーツ姿の女性が現れた。彼女は、

「どうも。私の名前は、〝笑うキズさん〟です。これは私から、私たちからの、警告です」

と言った。

合成音声とは思えない精度だった。誰かが肉声でアフレコしているのかもしれない。どっちだろう、と琴美は考えたが、たとえどうであっても本物とニセモノを見分け難い気がした。

「私は、傷に寄り添うための集団〝傷の会〟の一員です。みなさんにメッセージを伝えるため、こうして人間のかたちをしています。8月8日のチワワテロを実行したのは、私たち傷の会です。私たちは、弱さを守るためにチワワテロを起こしました。

その後のチワワの流行は、私たちのあずかり知らないものです。

私たちがオリジナルです。私たちから搾取しないでください。模倣をやめてください。私たちを傷つけないでください。私たちが訴えたかった〝弱さ〟を消費しないでください。私

私たちの復讐を流行りというかたちで消費しないでください。チワワフェス会場の閉鎖は、私たちの傷心のあらわれです。なにも、危害を加えたいわけではありませんので、みなさんはよく考えて振る舞ってください」

なんの話だ、と琴美は困惑するばかりだった。弱さ? 復讐? それを、チワワの流行として消費された? どういうことだろう。なにかを訴えたいのだろうけれど、よくわからない。

「みなさんへの警告は以上です。ここからは、ある特定の人物への警告となります。MAIZUさん、よく聞いてください。

あなたにめちゃくちゃにされた、ある弱さ、ある傷があるのです。

私たちはそれに寄り添うために立ち上がりました。

私たちはMAIZU氏への復讐を掲げました。しかし、私たちは暴力を好みません。そのためまずは、MAIZU氏の周辺を狙うことを考えました。チワワテロのターゲットは、MAIZU氏が運営するYouTubeチャンネル、そのメンバーシップ会員です。ここで彼らとMAIZU氏は、自分たちがしてきたことの愚かさに気がつくべきでした。しかし、私たちの訴えは届きませんでしたので、私たちは次のフェイズへと動きます。MAIZU氏と比べ、私たちの声はあまりに小さい。けれど今、踏みにじられた私たちの叫びは着実に彼の下《もと》へと向かっています。ＭＡＩＺＵさん、聞いていますか？　私たちがあなたに近づいていくのを、楽しみに待っていてくださいね」

気味の悪さはもちろんだが、どこか幼稚な印象も受けた。どんな集団なのかよくわからないが、しかしこの執念なら、八百人以上の人たちにピンバッジを取りつけることも、フェス会場を途方もない数の折り紙で埋め尽くすこともやってのけてしまえそうだ。琴美が閉口していると、ミアが目を爛々《らんらん》とさせてこう言った。

「この口ぶりだと、事件はこれからも続くよね。今度はＭＡＩＺＵひとりをめがけて。けっこう、ヤバいことになるかもね」

「気になったのは」琴美が視線を向けると、観月さんは目を逸らした。なにも責めていないのだと伝わるように優しく続ける。「あくまでキズさんが言ってたことを信じるとしたらって話だけど、チワワテロに遭ったたってことは、観月さんはＭＡＩＺＵのファンなの？」

「……」

「いや別に、悪いとか言ってるわけじゃないよ？　なにを好もうがその人の勝手だしね。ただ、ちょっと意外だったたっていうか」

「意外ですか。私、あの人が上げてる動画に興味があるんですよね」

観月さんはこう続ける。

「私自身も盲点でした。メンバーシップって、月額料金を払えば会員向けの特別な動画を見ることができたりするサービスなんです。メンバー同士はユーザーネームをなんとなく把握してるくらいで、直接の繋がりがあるわけではなくて。だから気づけなかった」

「MAIZUって数年前まではかなり人気だったんだよね。会員が八百人程度って、少ないように思えるんだけど」

「月額二千円もしますしね。それに、会員向け動画っていうのもひどいものです。元々は一般公開するにはグレー過ぎる有名人の疑惑とかゴシップネタが多かったんですけど、ここ一年ほどは、事務所をクビになりそうだとか再生数が伸びないだとか、ただ愚痴を言うだけのものでした。会員数もどんどん減ってきていたんじゃないですかね」

「傷の会は、話題性が欲しいみたいに思えた。MAIZUを攻撃して終わりじゃなくて、世間を巻き込みたいんだと思う。引っ掛かったのは、『めちゃくちゃにされた』って、一体なにを？　共感を集めたいなら、傷の会に味方を増やしたいなら、普通その部分をもっと話すよね」

琴美の言葉にミアが「鋭いね」と呟いた。琴美はさらに考察を続ける。

「MAIZUに恨みがあってチワワがアイコンとなると、『チワワを救った少年』が無関係なわけないよね。核心部分に関わってくると考えていいと思う。とはいえ、それがわかったところで、って感じだよね」

「でも進展はあったじゃん」

「進展？」

「決まってるでしょ。新太さんの件」

「あ、そうか。私がチワワテロの話をしたあとに消えたっていうことは、新太さんはＭＡＩＺＵのメンバーシップ会員で、そのことを私に知られたくなかったのかも」

「なるほどですね。ＭＡＩＺＵに課金してるのは、人に誇れることではないですしね」

観月さんが淡々とそう言うから、琴美は思わず苦笑いした。

「となると新太さんは、誰よりも早く、チワワテロがＭＡＩＺＵのファンを狙ったものだって気づいていたってことになるね。観月さん、メンバーシップ会員の中に三枝新太って人がいるかどうか、わからないかな」

「どうでしょうか。本名でアカウント作ってるとは考えにくいですし、第一、誰が会員なのかわかるのってチャンネルの管理者であるＭＡＩＺＵだけなんじゃないですかね」

「あー、確かに。そうだよね」

「でも、ターゲットがわかったっていうのは進展です。私も、できる限り調べてみますね」

「私たちはどうしようか。これからなにができる?」

ミアに助けを求めると、彼女はこの事態を楽しむように提案した。

「じゃあさあ、琴美、次の事件が起きる前に会ってみようよ」

「え、誰に?」

「MAIZUに」

「MAIZUに?」

「配信業界も狭い世界だから。コンタクトを取ることくらいはできるでしょ。新太さんのことなにか聞けるかもね」

「なるほど。じゃあ、会えるんなら、会ってみようか」

「あっ、あの。私も、行っていいですか?」観月さんが上ずった声で言う。「私、会員だし、それにほら、実際に会ったら、いい記事が書けると思いますし」

「うーん。せっかくだから観月さんも連れていってあげたいけど、ごめんね? 歳上として、観月さんの内定先の人間として、危ないかもしれない場所には同行させられないな」

「たった三つしか違わないじゃないですか。それにこういう時に内定のこと持ち出すのズルいですよ。ミアさんは、どう思いますか」

「まあ、琴美が正しいと思うよ?」

だったら同行ではなく個人的に行くとでも言い出すかと思ったが、ミアに言われたからだろうか、観月さんは意外にもすんなりと引き下がった。

渦中の人物だけにアクセスが殺到しているのか、問い合わせフォームのあるＭＡＩＺＵ個人のホームページはサーバーが落ちていた。閉じ込め事件の男たちを頼っても良かったが、ＭＡＩＺＵに会いたいなどと伝えると角が立ちそうでためらわれた。ミアは、Ｙ・トゥギャザーとよく仕事をしているという知り合いのカメラマンにＭＡＩＺＵの連絡先を知らないかとテキストを送り、その日は解散となった。

帰路に就く途中で、ミアから電話がかかってきた。

「ＭＡＩＺＵ、会うのオッケーだって〜」

「ええ？　一体なんてお願いしたらオッケー出るの」

「秘密」

ミアが妖しく微笑むのが目に浮かんだ。

ＭＡＩＺＵから指定されたのは、長野県佐久《さく》市の山あいに位置する駅だった。東京駅から片道二時間ほどかかるが、早速、次の土曜日の10月４日に出かけることにした。

ミアは電車に揺られながら「ちょっとした旅行だね」とテンションが上がっているようだ

ったが、琴美は複雑な気分だった。

今度こそ新太への手がかりが見つかるかもしれない。それなのに、期待だけではない気持ちが湧いてくる。

新太がいなくなってから、二か月近く経つ。今さら会えたところで、元の関係に戻れるとは思えなかった。新太の行方を追うことに、当初よりも気が進まない自分がいる。どんな結果であれ、心が浮き立つようなことにはならないのではないか。

「なんか浮かない顔してるね」

「ちょっと弱気になってた」

「本当は新太さんを見つけたくないんでしょ」

「ミアはなんでもお見通しだね」

「今から東京戻る？　私はそれでも良いよ。それでもう、新太さんのことも、ＭＡＩＺＵの近辺も今後は一切調べない。そうすれば、琴美の心は平穏だよ？」

「でも……」

「大丈夫。私は、これからも琴美のそばにいる。理由なんてなくても琴美と会って、琴美と遊ぶよ。当たり前じゃん。親友なんだから」

琴美は、窓から広がる景色を見つめた。山と田んぼばかりの景色が続いていた。稲穂が黄金色に輝きながら風に揺れ、まぶしかった。車内にはあたたかな陽が差し、隣にはミアがいる。

「うん。これで充分だ。私はこれで充分。だから私、新太さんのこと、ちゃんと見つける。ちゃんと見つけて、ケジメをつけたい」

「そっか」

琴美は、ミアの肩に寄りかかった。

待ち合わせの駅は予想以上にこぢんまりとしていた。吹きっさらしのホームに申し訳程度の簡素な待合室があるのみ。切符券売機はあるものの改札らしきものさえ見当たらない。駅員の常駐しない無人駅で、人影はというと、待合室でスマホを弄っている二十歳かそこらの青年がひとりいるだけだった。

「レトロだねー」

ミアは木造の寂れた待合室や色褪せた時刻表を撮影する。

カメラを構えるミアを、琴美が写真に撮っていく。

「ミアはほんと、どういう場所でもさまになる」

琴美が感心してそう呟くと、待合室のドアが開き、

「あのー、もしかして、ミアさん、ですか?」

待合室にいた青年がミアに声をかけた。

琴美は、ファンなのかな、すごいなミア、と思った。

彼は、「純朴」という表現がぴったりな気がする。皺《しわ》ひとつなく、疲れを知らなそうな顔をしていた。かといって、潑剌《はつらつ》としているというわけでも、美形というわけでもない。ただ無垢な顔立ちをしていた。顔のパーツのひとつひとつは全然違っているのに、目の前の彼からは、どことなく新太と似た印象を受けた。

「はい、そうですけど」

「良かった。ここまで遠かったでしょう。そちらはお連れの方ですよね」

「えっ?」

「ああ、普段は仮面で顔隠してるからわからないですよね。はじめまして。MAIZUです」

琴美とミアは、「ええ⁉」と声を揃えて驚いた。

MAIZUと名乗る青年は、手で顔の上半分を隠して見せた。

「ほら、口元がMAIZUでしょ?」

「いや、口元なんて覚えてない」

ミアがツッコむと、彼は声を上げて笑った。

配信で見ていたMAIZUと目の前の青年とは、あまりにイメージが違った。

別人なんじゃないか。琴美が疑いの目で見つめる中、彼はうれしそうにこう続ける。

「それにしても、いやあ、やっと会うことができた〜。俺、ミアさんのファンだったので」

「君、若く見えるけど、何歳？」

「今年二十歳です」

「じゃあ、配信活動はじめた時って、一五歳とかそこらだったわけ？」

「そうっすね。だから、舐められたらいけないと思って仮面被ったり声変えたり」

「へえー。おもしろいね」

「いやー、照れるなあ」

ちょっと、と琴美はミアに耳打ちする。

「なんですぐ打ち解けられるの。この人、MAIZUなんだよ？」

「だって、それが私じゃん」

「答えになってないよ」

琴美は、ミアのこういうところ、危ういな、と思う。

善悪の観念がないというわけではないのだろう。でも、琴美から見ると、ミアは目の前の人の善悪に頓着がないように感じられた。ミアはどんな人にも興味を持つことができて、極端な話、愛を与えることが可能なのではないか。そう考えると、ミアのことが心配になる。

「あの、車用意してますんでこっちに」

彼は駅前に停められた白い軽バンをあごでさした。

「俺の家に行きましょうか。さあ、どうぞ」

琴美はすたすたと車の方へと向かうミアに、「待ってよミア。危ないって」と呼びかける。

ミアはふり返って琴美の目を見つめ、首を傾げた。

「いや、普通危ないよ。初対面の人の車乗るなんて」

「ああ、心配しないで良いですよ。この辺、すっげー田舎だし、なんかあったらすぐ噂立つんで。流石に俺でも、あんたらになんかするとか、そんなリスクあることはしないっすよ」

琴美はＭＡＩＺＵを睨《にら》みつける。

「リスクって。そういう考え方ＭＡＩＺＵっぽいね」

「うん？　俺のこと馬鹿にしてますか？」

「もういいよ。私は、おもしろそうだから行く。それだけ。ほら、琴美行かないの？」

琴美は大きなため息を吐いた。

「ミアが行くなら、私も行くよ」

それから、身の安全のためにスマホを通話モードにしておくとＭＡＩＺＵに伝え、車の後部座席に腰かけると、観月さんに電話をかけた。事のあらましを説明し、自分たちが今いる場所と、今からＭＡＩＺＵの運転で家に向かうということを伝えた。

「通話、繋いでおいても良いかな。ごめんね。こっちの都合なのに」

「もちろんです。なにかあったらちゃんと通報するんで。安心してください」

「ありがとう。あ、それから、お土産なにが欲しいか考えといて」

「わかりました。じゃあ、家に着いたら、念のためにそこの住所を送ってください」

ＭＡＩＺＵは車を発進させると、「このあたりは秋の紅葉がすごく綺麗だそうですよ」と素朴に話しはじめた。

「越してきたばかりなんすよ。東京はちょっと、もう良いかなって。臭いんですもん、都会って。街も人間も。みんな嘘っぱちで臭くて信用できない。越してきて良かったです。このあたりは、すごく空気が綺麗だから。誰にも伝えないまま引っ越したんです。家の場所も誰も知らない。お客さんはおふたりが初めてです。そう考えるとなんか、緊張してきたな」

車は民家が並ぶ通りを離れ、山の方へと向かっていく。

「この先に山道があるんです。その麓に小さなレストランがあって。もう何年も前に閉店しちゃったみたいなんですけどね。そこを俺が買い取って、改装して今住んでるんです」

「あの、圏外になったりしませんよね」

琴美が聞くと、ＭＡＩＺＵは「大丈夫っすよー」と呑気に返した。

二十分ほど走ると、車は寂れた駐車場で停まった。

「ちょっと歩くんで、車降りてもらえますか？」

スマホを左手に握り締め、ミアに続いて車を出た。駐車場の脇に幅の狭い小道が通っていた。背の高い木々が両側に連なっている。なにかあったらすぐにミアを連れて逃げられるように、右手でミアの腕を掴み、一歩一歩、踏み締めながらＭＡＩＺＵのあとをついていく。

「この道はちょっとしたフォトスポットらしいです。もうちょい経つと、ここの木はぜんぶ紅葉するんですって。でも、それ以外の季節は不気味だから誰も近寄らないって。不思議ですよね。今はほとんど陽も差さなくてこんなに不気味なのに、ただ葉っぱの色が変わるだけで綺麗って言われるなんて」

ゆるいカーブの先に明かりが見えた。小道を抜けると、エメラルド色に水面が輝く湖と一軒のログハウスがあった。家の庭には、レンガで組まれた花壇や、太い木を利用した手作りのブランコが設置されていた。

琴美は、まずは無事に家に着いたことにホッとしながら、Google マップを開いて観月さんと位置情報を共有した。

「隠れ家って感じしません？　ようこそ、我が家へ」

ＭＡＩＺＵは玄関を開け、ミアと琴美を中へ通した。レストランだった時の名残りは見当たらず、新築の家のように整っている。

「廊下の突き当たりのドア開けてもらって。そこリビングなんで、適当にくつろいでてください」

なにか飲むかと聞かれて琴美は断り、ミアは紅茶でも、と答えた。琴美はリビングに並ぶ最新家電や、壁に額装されている「正義」の文字をしげしげと眺めた。

ＭＡＩＺＵは、「あちっ、あちっ」とうろたえながら、紅茶の入ったカップを運んでくる。自分の分を一気に飲み干し、「それで、用件、なんでしたっけ」と言った。

ミアがこちらを見て頷いたので、琴美から「笑うキズさんの動画、ご覧になりました？」と切り出した。ＭＡＩＺＵは笑った。

「やってらんないっすよね。俺がなにしたっていうんですかね。俺、普通にYouTubeやってるだけですよ。配信しただけ。仕事してただけ。人を晒してはいるけど、それは仕方のないことでしょ。だって俺は悪いことしてる奴を晒しただけだし、それは優れた行いだし、視聴者とだってそのマインドは共有してる。俺は、この国の秩序を守ると同時に、みんなが大好きなスリルを提供してきただけっすよ。なんで脅迫紛《まが》いのことされなきゃいけないんすかね。むしろ褒めて欲しいくらいだ。俺、今回の件は被害者でしかないですよ」

そうだろうか。誰が被害者だとかそうじゃないとか、そんなに白黒はっきり考えられるものだろうか。琴美はそう思ったが、伝えるのはやめておいた。どうとでも捉えられるようなあいまいな表情で頷いた。

「ある人を捜してるんです。その人は、ＭＡＩＺＵさんのYouTubeチャンネルのメンバーシップ会員らしくて」

「へえ。てことは、つけられちゃったんですね、チワワのピンバッジ」

「三枝新太という人なんですけど、彼が今どこにいるか、知ってたりしませんか？」

ＭＡＩＺＵはため息を吐くと、「ちょっとついて来てください」と言い、琴美たちを二階に案内した。

通されたのは機材がところ狭しと並ぶ配信部屋だった。グリーンバックのスクリーンの脇に、あの白い仮面があるのを見つけた。

「これ。いつものやつだ。触ってもいい？」

ミアは仮面を顔の前に持ってきて、「どう？　似合う？」と言う。

「正義と言えば白って感じしませんか？」

ＭＡＩＺＵがミアから仮面を受け取って装着した。途端に、うさんくささと気味の悪さがないまぜになった空気が立ち込める。

「正義を実行するために活動はじめて、日本の秩序を守っていくんだって意気込んでたんですけど、いつの間にか、脅迫されるようになっちゃった。琴美さんみたいな普通の人から見てどう思います？　俺、かわいそうですか？」

私みたいな普通の人？　かわいそう？

琴美はなんだか馬鹿にされているような気がした。

「正直、かわいそうとは思わないです。あの、今回のいろんな事件だって、新太さんの行方を追ってなかったら、けっこう他人事っていうか、興味は持ってなかったと思う」

「へえー、そうですか。参考になります。まだ俺、かわいそうじゃないわけか」

琴美にはその言葉の意図がわからない。

「あの、新太さんのことは」

ＭＡＩＺＵは仮面を外し、髪を掻き上げた。

「教えてもいいんですけど、交換条件があります」

「なに言ってるの？」

訝《いぶか》しげな声を出したのはミアだった。

「ミア？」

「なんでもない。交換条件って、なに？」

「ミアさんのインスタライブに出して貰えませんか？　コラボしましょうよ。コラボ」

「君さあ。調子に乗ってるよね」

さきほどまでとは打ってかわってミアの口調は冷たく、目は蔑むように見開かれていた。なにがそこまで、ミアの癪《しゃく》に障《さわ》ったのだろう。

「どうする？　琴美が決めて良いよ」

「え？　私？」

どうして自分に委ねるのかと一瞬困惑したが、琴美の気持ちは決まっていた。

選択権をミアに託されたからこそ、返事はひとつだった。

「ダメだよ。これは私と新太さんの問題なんだから、ミアに迷惑かけるわけにはいかない」

「琴美ならそう言うと思った」

ミアは慈しむような目つきで琴美を見つめる。

わははっ、とＭＡＩＺＵが笑い声を浴びせてきた。

「俺と配信するのって迷惑っすか。本当に、『私と新太さんの問題』ですか？」

「どういう意味？」

「いいえ?　別にぃ?」

「帰ろうか琴美。時間の無駄だったね」

ミアが琴美の手を強く握り、玄関へと向かおうとする。

「ちょっと待ってくださいっ!　もう少しゆっくりしてってくださいよ。俺、人と話すのひさしぶりでうれしいんですから。それに、俺が車出さなきゃどこにも行けませんよ?」

「タクシー呼ぶ」ミアは iPhone を素早く操作した。「今、呼んだから」

「どうせ来るまでに数十分はかかりますよね。その間、俺とお話ししましょうよ」

ね?　ね?　ね?　とMAIZUは繰り返した。

琴美は彼の異様な反応が怖かった。「刺激しない方がいいかも……」とミアに囁く。

MAIZUはどうしてか仮面を被り直し、口元だけで微笑んだ。

「どうぞソファに」

警戒しながら琴美たちが腰掛けると、MAIZUはこう言った。

「好きな食べ物はなんですか?」

駅へと向かうタクシーの中で、困惑が渦を巻いた。

「なんだったんだろうね、最後の」

あのあとMAIZUは、「好きな男性のタイプは?」「タイムカプセルに入れるならなに?」などと脈絡のない質問を矢継ぎ早に投げてきたり、かと思うと、自分は被害者なんだと繰り返し言うのだった。仮面から垣間見える目つきはこちらを試すようだった。琴美たちはろくに取り合わなかったが、MAIZUは大量に質問を浴びせると「これくらいで充分かな」と突然幕を引いたのだ。

「あいつ、なにが狙いなんだろう」

後部座席で揺られながら、ミアが琴美の肩に寄りかかってくる。ミアはそのまま寝入ってしまった。琴美は窓の外を眺め、そのうちに代わり映えのしない田舎の景色にも飽きてスマホを取り出した。充電が残り十パーセントだと注意が表示され、観月さんに通話を繋いでいたことを思い出す。

「ありがとうね。もう大丈夫そうだから通話切るね」と慌てて伝えた。

ミアとは東京駅で別れた。

ミアが改札を通るのを見送ると、MAIZUに電話をかけた。

「あの、ミアとのコラボ以外の他の交換条件、考えてくれましたか?」

「もうちょい待ってくれます?」

それだけのやりとりで、向こうから電話が切られた。

ＭＡＩＺＵの家にいる間、ミアがお手洗いに立った際に電話番号を聞いておいたのだ。ミアを巻き込みたくなかった。

確信は得られなかったが、ＭＡＩＺＵと新太にはなんらかの繋がりがあると直感した。きっと、配信者とファンという以上の関係が。

それにしても現金なもんだな、と自分自身に思う。

また会えるかもしれないという可能性が浮かんだ途端に、やっぱり今でも新太さんのことが好きなんだ、と心が訴えてきた。

見た目のわりに少し高い声も、息遣いも、たまに困ったようにこっちを見るあの目も、やけに綺麗だった肌も、ぜんぶ思い出せる。思い出すと、まだ自分たちはあの時間の中にいるような気がした。彼がいなくなってなんていない、あの時間に。

第3章

チワワ・シンドローム

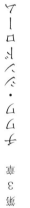

ミアはリスナーを優しさで包み込んでくれる「全肯定インフルエンサー」として、さらに人気になっていった。定期的に開催しているラブアワを一度無料で生配信したことが一役買っているようだ。受講生からのお悩み相談をメインとするその回は、切り抜き動画がいくつも出回り、再生回数は数十万、数百万と膨らんでいった。

「自分は、つい誰かを傷つけたり、傷つけられたりしちゃうんじゃないかと考え込んでしまって、学校でもバイト先でもうまくコミュニケーションが取れません。どうしたら良いと思いますか？」

十代の受講生による質問だった。

ミアルームのスペースの仕切りを取っ払って、全員が大きな輪になって床に座っていた。ここに優劣はないと主張するような配置だったが、受講生たちはみんなキラキラと心酔し切ったようなあこがれの目でミアばかりを見つめていた。ミアはこう答えた。

「そのままで良いと思うよ。その繊細さって、君の長所だから。君みたいな人は、他の人の傷や弱さを受け止めてあげられる。これって、すごいことじゃない？　そして君が、誰かのそうした脆《もろ》さを認めてあげたら、その人は君から離れられなくなると思うんだよね」

受講生たちは感極まった笑みを浮かべた。中には涙を流している人もいる。

「ちょっと、自分語りしても良いかな。十代の頃はね、私すっごい生意気だった。自分以外を見下すことでアイデンティティを保ってた。だからね、高校生の時はクラスメイトから疎《うと》まれてたんだ。ある日、ひとりの女の子が私の視界に入った。彼女は自分に自信がなさそうで、優柔不断で、おどおどしていた。私とは正反対のタイプで興味を惹かれた。話しかけてみると、彼女は失恋したばかりだったんだ。私は、今みんなにしているみたいに彼女の悩みを聞いてあげた。そしたらその子が、『ミアといると落ち着く。安心する』って言ってくれたんだよね。そんなことを言われるのは初めてで、私はすっごくうれしかった。それと同時に、驚きもした。彼女の言っていることはそのまま、彼女の弱さだと思ったから。弱い部分を私に漏らして、委ねてくれたことがなによりうれしかった。それからこうも思った。私といると落ち着くってことは、私が彼女を突き放して不安にさせることもできるってことでしょ？　だから、守ってあげなきゃって思ったんだ」

——その女の子って、私のことだ。

「いつの間にか、その子のことがすごく大事になってた。彼女が私を必要としてくれる限り、私は孤独じゃなかった。一緒に過ごすうちに私も気づいたんだ。自分の弱さを見せられる人って、すごいなあ、可愛いなあって。配信したりラブアワをはじめたりしたのは、彼女と出会ったからなんだよ。今日みたいにみんなが自分の傷や弱さを教えてくれることが、私はうれしいんだよ」

綿みたいにやわらかくてあたたかかったはずのミアの言葉が、琴美の胸の中で、やすりのようにざらつきはじめた。

質問をした十代の子は、泣きじゃくってよろこんだ。

ふふ、とミアは笑う。

「君はそのままで良いんだよ。傷ついた君たちは、弱さを利用してもいいんだよ」

ラブアワのメンバーたちから、割れんばかりの拍手が起こった。

――君から離れられなくなる。

ミアはそう言った。それってつまり、ミアから離れられなくなるってことなのでは。

言いようのない不安がやって来る。画面越しに弾け続ける拍手の音が、気味が悪くて仕方がなかった。

ミアの人気はインターネット上にとどまらなかった。地上波テレビで新しくはじまる若者世代を中心とした討論番組のＭＣに抜擢されたり、モデルとしてファッションショーに出たり、どんどん稼働が増えていった。

ミアのスケジュールの都合で、しばらく会わなかった。

ここのところ毎日のようにいっしょにいたから、ミアといないと生活の一部が抜け落ちたような、そんな感覚に襲われるのだろう——琴美はそんな風に想像していたけれど、ひとりで過ごす日々は、予想外に気持ちが落ち着いた。

新太を捜しはじめる前、ミアと距離を置いていたことを思い出す。

あの時は、どうしてミアと会わないのか、自分でもうまくわからなかった。

けれど、今は違う。

ミアの言葉は居心地が良すぎるのだ、とはっきりわかる。

だから私は、距離を置いておきたかったんだ。

ミアといると、溶けてしまう。

ミアに弱さもなにもかもを肯定されて、なにも考えずに済むから。

今、はっきりと輪郭を持った。

私はそのことが、ミアになにか大事なものを委ねてしまうのが、本当は嫌だったんだ。

——琴美だけはいつまでも、弱くて可愛いままでいてね。

心の支えにしていたはずのその言葉が、ひどく脆く、揺らいでいる。


一週間ほどミアと会わない日が続いた。新卒採用の業務が一段落ついたこともあり、比較的時間に余裕のある一週間だった。念入りに家の掃除をしたり、映画を観に行ったり、ひとりで新しくバーを開拓したりしたけれど、ミアや新太のことを考えると、もやもやした気分が晴れることはなかった。

週末になっても、ＭＡＩＺＵから「交換条件」は届かなかった。

なかなか寝つけず、夜中に起き出した。

もしＭＡＩＺＵの線で新太を追えない場合、どうするべきなのか。別の方法を模索する必要があると腹を括り、なにか手がかりになるだろうかとこれまで手帳に残してきたメモを見返してみる。

8月7日。新太さんのシャツにチワワのピンバッジが取りつけられていた。8日に〈チワワテロ〉。16日の花火大会で、新太さんから〈会わないようにしよう〉と連絡が来る。

ミアと新太さんを捜しはじめて、新太さんの仕事仲間だった長谷川さんにも協力してもらった。わかったのは三年前にも新太さんは音信不通になり、当時の人間関係を絶っているということ。

9月6日から7日の未明、チワワフェスの主催の男たちが会場に閉じ込められる。そして9月25日に会場がチワワの折り紙で埋め尽くされる。30日、笑うキズさんの声明。傷の会は〝傷〟に寄り添う集団だと宣言していた。つまり、誰かの復讐のために行動している？　チワワテロはMAIZUの周辺を狙ったもので、さらなる計画の存在が示唆された。

そして傷の会は、「チワワを救った少年」と関係がある。

「チワワを救った少年」から傷の会へと辿りつけるかもしれない。

でも、少年の素性は、事件当時一五歳だったということ以外手がかりがない。

少年の名前は？　と大きく書き込み、ぐるぐると丸で囲った。

関係者たちの簡単な似顔絵をメモに描いていた。MAIZUと新太の似顔絵に両向きの矢印を伸ばして「ふたりに接点？」と書き込む。8月7日のところに、「なぜ新太さんだけ先にピンバッジを？」とつけ加えた。

もう何度目になるだろうか。笑うキズさんの声明動画を見返した。

やはり、「めちゃくちゃにされた」のところで、その詳細が語られていないことが引っ掛かる。

ふと、カーテンから滲み出したように部屋に陽が入っているのに気づいた。もう朝か……。

行き詰まった状況にため息を吐く。風呂に入って、目玉焼きとスープだけの朝食を摂り、なんの気なしにテレビを点けると、朝のニュースが放送されていた。

「えっ」

見覚えのある光景に息を吞んだ。

レポーターが抑揚のある声で中継していた。

「風光明媚な観光スポットが、見るも無惨なありさまになっています。一体、なにが起こったのでしょうか？」

レポーターは黄色いテープが張られている方へと歩いていく。

そこは背の高い木々に挟まれた細道だった。ＭＡＩＺＵの家へと続く林道だ。

どうしてここが？

笑うキズさんの声明が脳裏に浮かんだ。

道の上に、なにか得体の知れないものがうず高く積まれていた。カメラがズームアップすると、琴美は小さく悲鳴を上げた。

無数の人体がごろごろと積み上げられていた。

四肢《しし》があらぬ方向を向いているものまである。

「うわうわうわ」

思わず両手で目を覆う。見てはいけないものを見てしまったと恐怖に襲われたが、「ご覧ください。おびただしい数のマネキンが積まれています。この先にある一軒の民家へと続いているようです」というレポーターの言葉で我に返る。

マネキン？

確かにそうだった。やたらとつるりとした全身を持つベージュのマネキンだった。けれど、明らかに異様な点がある。

およそ全てのマネキンの頭部に、チワワの顔面がプリントされているのだった。

チワワの顔が、マネキンの顔の輪郭や目鼻の凹凸《おうとつ》に合わさって不気味に歪んでいた。愛くるしい表情のせいで、かえってその不気味さが際立っている。どうやら、チワワの顔をプリントした布かなにかを貼りつけているようだった。一体いくつあるのか見当もつかないが、この執念じみたやり方は傷の会の仕業だ、と琴美は直感する。

レポーターは、「この道の先に住む通報者の男性」の談を伝えた。昨夜帰宅した時にはなにもなかったが、朝起きてみると、家の前の道がこのような状態になっていたのだという。

マネキンは男性の家に向かうにつれて破損が激しくなるように配置されていた。家の玄関前には、絶命寸前でなんとか手を伸ばしたといった様子の、全身がもうほとんど砕け散りかけているマネキンが横たわっていて、そのマネキンだけ、顔がチワワではない。なにも貼りつけられていないのっぺらぼうの顔をしていたそうだ。そしてマネキンのダイイングメッセージであるかのように、ある言葉が玄関扉に書かれていた。

突然、レポーターの隣にひとりの男性が現れた。

素顔のＭＡＩＺＵだった。

予期せぬ出来事のようでレポーターは戸惑っていたが、彼が通報者だとわかるとマイクを向けた。

「ユーチューバーのＭＡＩＺＵって言います。こうやって素顔を出すのは初めてです。それくらい緊急事態だってことです。この先にあるの、俺の家なんですよ。なにがあったか、ちょっと語っていいっすか。朝起きて散歩にでも出かけようと思ったら、家の目の前の道がこうなってたんです。想像できますか。ひぇ～って俺は思わず叫びましたよ。玄関には、横たわるぼろぼろのマネキン。そして扉に、こう書かれていたんです。

次は、おまえがこうなる。

これってもう、そういうことですよね。殺害予告ですよね。それ以外の、なにものでもないですよね。俺に死ねって言ってますよね。恐ろしい。ほんっとうに、恐ろしい。これは、俺を狙って行われた憎むべき事件です。みなさん、〝傷の会〟って知ってますよね。あいつらの仕業に決まっています。俺は被害者なんですよ」

緊急事態なら素顔じゃない方が安全なのではと琴美は思ったが、MAIZUが素顔を公開したことは傷の会がアバターを矢面に立たせて生身の姿を現さないことと対比され、世間に好意的な印象を与えたようだった。

MAIZUが中継に乱入したことはネット上でも話題になった。放送後には彼の登場シーンや事件のあらましについての切り抜き動画が出回り、再生回数も膨れ上がった。

MAIZUはSNSにこう書き込んだ。

〈弱さだとか傷だとか知らないけど、この可哀想で無惨なマネキンを見てくれ。これが暴力以外のなんだっていうんだよ〉

写真も投稿されていた。家の前で壊れていたマネキンを、まるでひとつの命であるかのようにMAIZUが抱きかかえている。

〈優しい〉〈よくわからんけど泣いてしまう〉〈これまでこいつのこと誤解してたんかも〉〈自分がいちばんしんどいはずなのに、こうやってマネキンにも気を配れるとか感動〉

コメントが溢れ、MAIZUへの同情的なムードは一気に高まった。

手のひらを返したように、街からはチワワ関連のグッズが消えていった。

琴美の同僚たちもいつの間にかグッズを身につけなくなり、また別の流行りへと関心を寄せているようだった。

琴美はもやもやを募らせるばかりだった。ＭＡＩＺＵのことは好きでもなんでもない、むしろ嫌いな部類の人間だ。それでも今回の一件は、彼への同情というか、傷の会への釈然としないものを感じる。そして一連の事件やＭＡＩＺＵに新太が関係しているかもしれないということをどう捉えればいいのか、一層わからなくなっていた。

考えすぎるのは良くないと思った。

ミアに会いたかった。ミアに対しても戸惑いはあるけれど、今会いたいのはミアだった
――そのことだけは、確信できた。

その日の夜、恵比寿駅近くのサウナで、ひさしぶりに会うことになった。

熱気が漂う密室の中、並んで腰かけ、十二分時計を見つめてぽつぽつと話をする。

「こんだけ熱いと、なにも考えなくて良くて助かる」

「琴美おっさんみたいなこと言うじゃん。そうだ、今度バッティングセンター行こう。籔内《やぶうち》さんに連れてってもらったんだけど、ストレス発散になるよ」

「籔内さん？」

「イラストレーターの」

「誰？」

「ほらあの、私そっくりの女の子を描いてる」

「あー。どういう展開でそうなってるの？」

「ご飯行こうって誘ってもらったんだ。その帰りに歌舞伎町《かぶきちょう》のバッティングセンターに行った。どういう縁が仕事に繋がるかわからないからね。仲良くしておいて損はない」

「そういえばさ、テレビの収録どうだった？　前言ってた討論番組」

「スタッフも出演者も、すごく真面目。社会のいろいろな問題に向き合って世間の風潮を変えていこうって意気込んでた。だから、あの番組はすぐに終わると思う」

「終わる？」

「世の中は歪んでる。でもあそこには、まっすぐな人たちが集まってた。まっすぐな人は、世の中の歪みに合わないよ」

禅問答みたいなことを言うんだな、と思いながら、琴美は試すような気持ちで、「ミアはまっすぐじゃないんだ？」と聞いてみる。

「私は違うよ。琴美ならわかるでしょ」

ミアはせつなげにそう言った。それを聞いて思わず口にする。

「私さあ、思うんだ。ミアの隣には誰がいるんだろう。ミアのことを本当に理解してる人はいるのかなって」

「琴美はいてくれないの？」

「そうだね。うん。私は、そこにいたいな。私がそうしたいって思うから」

たとえミアが、どういう人であっても。


ＭＡＩＺＵへの同情ムードが高まるほどに、傷の会の次なる動きに注目が集まった。続く事件がどうなるのか、警察の捜査状況と共に、連日のように世間を賑わせた。

10月15日水曜日の夜、突如ＭＡＩＺＵが一本の動画を投稿した。

真っ黒な背景に白抜きで「緊急発表」という文字を並べただけのサムネイル。

「みなさんに大切なお知らせがあります」というタイトルだった。

その動画のＭＡＩＺＵは、白い仮面こそつけているが、衣装はいつものスウェットではなく、かしこまったスーツ姿だった。

「みなさんに大事なご報告があります。〝傷の会〟と和解することになりました。ようやく彼らも、自分たちがやってはいけないことをしたと気づいたようです。あちらから連絡がありまして、深く反省しているという謝罪と共に、今後、俺や周囲に対してアクションを起こしたりはしないという確約を頂きました。俺としてもですね、彼らを突き動かしてしまったのは自分なんだ、という反省はあります。なので、ここで手打ちにしよう、ということで納得しました。その代わりですね、俺以外の人たちに誠意を見せないといけない、場合によっては、しかるべきところに出向いて、罪を償わないといけないよ、としっかりと伝えました。今回の件について、俺はこれ以上追及しません。騒ぎもしないです。そして私ＭＡＩＺＵは、今日をもって〝正義の配信者〟としての告発動画の投稿を卒業します。ただ、活動自体はですね、生まれ変わった気分で続けられたらなと思っています。これからはちょっと、趣向を変えた動画を上げていく予定です。その第一弾は今夜０時、日付が変わった瞬間にこちらのチャンネルにアップする予定なので、どうぞ、よろしくお願い致します」

ＭＡＩＺＵは深々と頭を下げた。四分ほどの動画だった。

ＭＡＩＺＵに好意的なコメント欄をざっと眺めながら、琴美は妙な焦りに駆られた。

スマホを手に取った。十数回のコール音のあと、ＭＡＩＺＵが電話に出た。

「なんですか」

「和解についての動画見ました」

「ああ。どうも。どうでした？　俺、けっこう役者だったでしょ」

「新太さんのこと、教えてくれないんですか？」

「そういえば、そんな話してましたね。えーっと、俺が交換条件を出すって言ってたんでしたっけ。それ、もういいです」

「え。じゃあ——」

「教えませんよ」

「はい?」

「面倒臭いんです。あなたに彼のこと教えても、なんの得にもならないんですよ」

琴美が言い返す前に、電話は切れた。

動画で見せていた真摯さとは真逆の態度だった。

落ち着こうと深呼吸をしてから電話をかけ直したが、もう繋がらなかった。

腹立ち紛れに家を飛び出した。電車に乗り、ミアルームのある表参道へと向かう。23時。この時間なら、ミアはまだ作業をしているはずだ。MAIZUへの苛立ちをミアに聞いて欲しかった。慰めて欲しいとはもう思わなかったが、MAIZUを頼れなくなった今、これから新太の行方をどう捜していこうか、いっしょに考えてほしかった。

雑居ビルの前に着くと、ミアルームの明かりが点いていることが確認できた。

誰かが中にいる時は鍵が開いているのが常だった。玄関のドアノブを捻った瞬間、琴美は、まずいかも、と思った。ミアには内緒でＭＡＩＺＵに連絡を取っていたのだ。そのことをどう説明しようか、わずかに開いたドアの前で立ち止まっていると、室内から怒鳴り声が聞こえてきた。

「約束と違うじゃないですか！」

中をそっと覗いてみると、観月さんがミアに叫んでいた。

「仕方ないよ。これも優香ちゃんのためだよ」

ミアは「落ち着きなよ」と湯気の立つコーヒーを淹れ、観月さんに差し出した。

いらないです、と観月さんはきっぱりと言う。

「私のためだっていうなら、予定通りやってくださいよ！」

「だから、もう充分なんだよ。優香ちゃんもみんなも、がんばったよね」

「どこがですか？　わかりました。わかりましたよ。どうせこれは、私だけの問題なんです。ミアさんたちは関係ない。やっぱり私が直接あいつを――」

しっ、とミアが口元にひとさし指をあてた。

「……誰かいる？」

ふたりの目がこちらを向いた。

琴美は、ハッと息を呑んだが、観念してドアを開けた。

「ごめん。急に来ちゃった」

「なんだ琴美か」

「ふたり、なにかあったの?」

「どこから聞いてた?」

「ほんとについさっきから。観月さんが怒鳴ってる声が聞こえちゃって。ねえ、大丈夫?」

観月さんは小刻みに肩を震わせていた。

「大丈夫だよね」

ミアが観月さんの頭を撫でた。観月さんはミアの手を勢いよくふり払った。その拍子に、ミアがもう一方の手に持っていたマグカップが床に落ちた。割れる音が響くと同時に、ミアが小さく悲鳴を上げた。

「熱っ」

コーヒーがミアの右手にかかったようだった。

「熱いですか? 痛いですか? そんなの、私の苦しみの百万分の一にもなりませんよね」

琴美はミアの下へ駆け寄った。部屋を出ていこうとする観月さんの背中に向かって声をかける。

「待ってよ観月さん。どういうことなの」

「琴美、良いから。優香ちゃんを行かせてあげて」

「良くないよ。ねえ観月さん、ちゃんと説明してよ」

「うるっさいなあ！　琴美さんには関係ないですよね！　どうせわかんないんですよ。誰にも。私の苦しみなんて誰にもわからないままなんだ」

ちょっと待って！　と琴美は叫んだが、観月さんは部屋を出ていった。

「いやー、まいっちゃったね」

ミアは平然としていた。

琴美は赤くなったミアの右手を流水で冷やす。

「病院行かないと」

「良いよ。平気だから」

病院に行くべきだと琴美は念を押したが、ミアはかたくなに「大丈夫」と繰り返した。

「一体、なにがあったの。観月さんがミアに怒鳴るなんて、よっぽどだよね」

「優香ちゃんを責めないであげて。この傷は、しょうがない傷だよ」

しょうがない傷？　なにを言ってるわけ。大きい声を出したい衝動に駆られたが、怪我人を問い詰めるわけにもいかない。ふと、観月さんの言葉が耳に蘇った。

「私が直接あいつを――」

「え？」

「観月さん、そう言ってた」

時計を見ると、０時を過ぎていた。

そういえばＭＡＩＺＵがなにか言っていたな、と頭をよぎる。苛立ちが再び込み上げてきたが、愚痴はまた今度でいい。

マグカップの破片を拾い、床を拭いた。

ミアはＴシャツに着替えてリビングに戻ってくると、ソファに腰掛け、琴美にもたれて目を閉じた。火傷《やけど》で体力を消耗したのか、そのままなにも言わない。琴美はミアを膝の上に寝かせ、そっと髪を撫でた。華奢《きゃしゃ》な体。力を入れると折れてしまいそうなほど細い手足。ミアはこの身でなにを背負っているのだろう。一体なにを、隠しているのだろう。

スマホが震えた。

ミアを起こさないよう静かにポケットから取り出し、メッセージを確認する。

関からだった。

〈今見てるよ！　ＭＡＩＺＵの動画に出てるなんてすごいじゃん！〉

琴美は急いでYouTubeアプリを開き、ＭＡＩＺＵのチャンネルを表示した。数分前にアップロードされたばかりの動画のサムネイルには、ＭＡＩＺＵと、ミアと琴美が映っていた。「ＭＡＩＺＵ新章第一弾！」というタイトルがつけられ、概要欄には「弱さに寄り添う配信で若者世代に大人気の〝全肯定インフルエンサー〟ミアさんとコラボ！　お友達も来てくれました」と記されている。

動画を再生すると、琴美とミアがソファに腰掛け、ＭＡＩＺＵ相手に、にこやかに喋っていた。

ＭＡＩＺＵの家を訪れた時と同じ服装だ。

「これ、隠し撮りだ」

ミアが目を覚ましていた。

「まずおふたりのことを知ろうということで百の質問を用意しました」とＭＡＩＺＵが切り出し、「好きな食べ物はなんですか？」「好きな男性のタイプは？」といった質問が投げかけられていた。あの時は、私もミアも質問にはろくに答えなかったはずだ。それなのに動画の中では、「ひとりでよくラーメン行ったりしますよ」「琴美ラーメンばっかりだもんね」「やっぱり、安心感を与えてくれる人ですかね」「私はけっこうぐいぐい来てくれる人かも」などと答えているのだった。

そんなこと、言った覚えはない。

偽造された音声だった。ミアの声は、普段よりほんの少しだけ甲高く、微妙に機械音声っぽく聞こえた。けれどそれは、些細な違和感という域を出ないものだ。動画で初めて私たちの声を知る人たちは気づかないだろう。

ニセモノの自分たちが、気持ち悪くて仕方がなかった。

ＭＡＩＺＵは、ミアとのコラボを熱烈に望んでいた。

こんなことをしてまで、その願いを叶えたかったのか。

一体、なんのために？

ミアはかなり頭に来ているようだった。

「ふっつざけんな。琴美を巻き込むなよ」

琴美も怒りを感じる一方、頭の隅は冷静で、ある光景を思い描いていた。

それは、最悪の事態だ。

けれどこれまでのことを思うと、決して絵空事ではない。

阻止するために自分は、なにをするべきか。

私とミアなら、できるだろう。大丈夫。きっとうまくいく、と自分に言い聞かせる。多少強引でも、こうするしかないと思った。

「ミア、ＭＡＩＺＵと連絡取れる？」

琴美はミアに、ある提案をした。


ＭＡＩＺＵがＸで「緊急告知」を出したのは、夜が明けた16日の正午のことだった。

〈本日の22時からミアさんのチャンネルでもコラボ配信をします。あの〝ミアルーム〟から生配信！　お見逃しなくっ！〉

琴美はその投稿を会社近くの中華料理店で眺めた。

本当にこれで良かったのだろうか。

昼休みを終えて会社に戻ると、昨夜の動画について関から質問攻めにあった。琴美は今日のことを考えると気が重く、お茶を濁すような返事しかできなかった。

早上がりし、図書館へと赴《おもむ》いた。昔の新聞の縮刷版《しゅくさつばん》に目を通した。

調べ物が済むとミアルームへ向かった。近づくほどに気分が塞いでいく。

部屋に着くと、ミアが優雅に紅茶を飲んでいた。

「じたばたしてもしょうがないよ」

「ＭＡＩＺＵは？　予定変更とかないよね」

「そこは大丈夫」

「わかった」

「調べ物はどうだった？」

琴美は無言で頷いた。

「浮かない顔してるね」

「そりゃそうだよ。病院はどうだった？　火傷、どんな感じ？」

「塗り薬もらっただけ。お医者さんが言うには、大したことはないって。でも、なんでかな、昨日より爛《ただ》れて、グロくなってる」

ミアは、琴美を気遣うように笑った。


20時になった。

「俺、必要ありますか？」

ＭＡＩＺＵの声は眠たげだった。

「一応ね」

ミアの声は冷たい。

「はあ。にしても、流石に早くないっすか。二時間も前ですよ?」

「それも一応。とりあえず今日は、言うこと聞いてくれるよね。隠し撮りなんてしてたんだもんね」

「はいはい。わかりましたよ。でも実際、ミアさんも、おいしかったんじゃないですか?

話題沸騰中のＭＡＩＺＵとコラボできて」

　ＭＡＩＺＵの言葉にミアの表情が固まる。

「調子に乗るなよ」

　琴美だって本当は怒りをぶつけてやりたかったけれど、今は、そんなことをしている場合ではなかった。

「ミア、私、そろそろ出とくね」

「わかった。外冷えるから、なにか羽織っていきなよ」

　ミアがカーディガンを渡してくれた。

　部屋を出て、ビルの階段に座り込んで待機した。どこからか金木犀《きんもくせい》の甘い香りが漂ってきて、かえって張り詰めた気持ちが膨れていく。

　どうか、来ませんように。

私の推理なんてぜんぶ間違いだったらいい。

そう思うけれど、時間が経つごとに、彼女が現れる確信のようなものは大きくなっていく。

やって来たのは21時数分前だった。四階の外廊下を、ゆっくりとミアルームの前まで歩いてくる。彼女は立ち止まり、深呼吸をした。中に誰がいるのか確かめるようにドアに耳を当てる。そして、トートバックにそっと手を入れた。

琴美は、観月さんの腕を摑んだ。

「たぶんだけど、それを私たちに見せるべきじゃない」

「琴美さん？　離してくださいよ」

困惑しながらも観月さんがドアノブに手をかけると、中からミアが顔を覗かせた。

「最悪の事態、阻止できたね」

観月さんは事態を吞み込めず、目を泳がせている。

「ねえ優香ちゃん、琴美の優しさに感謝しなきゃいけないよ？　優香ちゃんを思いとどまらせようって、がんばって考えたんだから。ＭＡＩＺＵ、今日来ないよ」

「は？　でも、声が」

「声だけね。土壇場《どたんば》で優香ちゃんが帰っちゃったらいけないと思って。一応、ね」

ミアが指さすスピーカーから、おーい、どうなってんのー、とＭＡＩＺＵの声が響いた。

「もう用はないよ」ミアは通話を切り、観月さんに向かって、「帰っちゃったら、優香ちゃんのこと止められないでしょ?」

「なんなんですか?」

観月さんはこの状況に困惑しているようだった。

「私、ＭＡＩＺＵのことなんかどうでもいいよ。でも、観月さんが誰かを傷つけるのは嫌だ」

琴美の言葉に、観月さんは苛ついた様子でこう返す。

「なんで?　意味わかんない。私は、私はこんなに傷つけられたのに、どうして仕返ししちゃダメなんですか」

琴美に掴まれたままの腕をふり払おうと身を捩《よじ》る。その拍子にバッグから、布に包まれたペティナイフが転げ落ちた。琴美は、やっぱりか、という諦めにも似た思いと、それでも観月さんを止められたのだという安堵に襲われた。

「他には、持ってない?」

観月さんは憤りで身を固くしていたが、観念したようにゆっくりと頷いた。

「紅茶でも飲む?」

場違いな呑気さでミアが言った。

「いらないです」

「じゃあー、上に行こっか。けっこう眺め良いんだよ」

ミアが観月さんの手を取る。琴美もそのあとに続き、雑居ビルの屋上へ向かった。

「寒くない？」

いえ、と観月さんは答えたが、琴美はミアから借りたカーディガンを観月さんの肩にかけた。

「昨日、観月さんがミアと言い争ってたことが気がかりだったんだ」

そう。観月さんは、ミアと言い争っていたんだ。だとしたら……。

ミアを横目で見ると、屋上の柵にもたれかかり、軽く腕組みをしながらこちらを見て微笑んでいた。その微笑みは、一体なに？

「昨日私が姿を見せる直前、観月さんはこう言ってたよね。『私が直接あいつを――』。だから、ＭＡＩＺＵに手を下したいのかなって考えた」

ミアが透き通る声で言う。

「琴美が提案してくれたんだ。優香ちゃんがＭＡＩＺＵを狙ってるのかどうか、あいつを囮《おとり》にして確かめてみよう、って。優香ちゃんを助けるためにね」

「だからミアから言ってもらって、MAIZUに嘘の告知を流させた。MAIZUの家のあたりにはまだ警察や野次馬がいるだろうから、観月さんは近づけないでしょ。確実にMAIZUが訪れるとわかっていれば、あいつを襲うために今夜ここに観月さんがやってくるんじゃないかと思ったんだ」

観月さんは、口の中で言葉を転がすように頰を歪ませた。けれどなにも言わず、自分の太ももを強くつねっていた。

やめなよ、と観月さんの手を取ると、その拍子に見えた手首には、引っ搔いたような傷がいくつもあった。

不意に怯みそうになる。

観月さんがなににどう傷ついているのかわからないし、傷を癒せもしない。ただいたずらに、追い詰めてしまうだけかもしれない。

でも、わからないからこそ、まずは理解しようとしたいから、話を聞かないといけないんじゃないか。

「……ねえ、観月さんって、傷の会のリーダー的な存在なんじゃないかな。それか、傷の会が言ってた、寄り添おうとしていた相手が観月さんなのかな」

琴美はおそるおそるこう続ける。

「マネキンテロが起きる前にＭＡＩＺＵがどこに住んでいるか知っていたのは、ＭＡＩＺＵ本人以外には私とミアと、観月さんだけだった。昨日の言葉も気にかかるし、観月さんが関係してるって考えると、ＭＡＩＺＵを襲おうとした理由も説明がつく」

「でも私はＭＡＩＺＵのメンバーシップ会員ですよ？　実際、チワワテロに遭ってるし」

「それは、ＭＡＩＺＵの動向を探りたいから。ピンバッジはカモフラージュのために自らつけておいた。そう考えると辻褄《つじつま》は合う。思い返してみれば、あのグループ面接の日、観月さんはピンバッジがチワワだって即答した。それから急に、取ってつけたように動揺して見せた。自作自演だよね。それってやっぱり、傷の会だからなのかな。

人事として、観月さんのＳＮＳをチェックした時のことも伝えておくね。ごめんね。勝手に見ちゃって。観月さん、『ここからだ』って投稿してたよね。その日も８月７日だった。それって翌日の面接の話だと思ってたけど、チワワテロのことなんじゃない？」

「そんなの、こじつけじゃないですか」

「まだあるよ。閉じ込め事件の直前に観月さん、誰かと電話してたよね。あの時の電話って、チワワフェスが成功してしまった場合に傷の会がどう動くか、その打ち合わせをしてたんじゃないのかな。『三万もあれば充分』だとか『メッセージを考える』だとか観月さんが言うのを聞いて、私てっきり、サプライズかなにかの話かと思っちゃった。でも、よくよく考えてみると、三万っていうのは、金額じゃなくて、紙の枚数なんじゃないかな。あの地下スペースは二〇〇㎡。折り紙で作られたチワワは十センチ四方だったから、折り紙が三万枚もあれば、充分に床を埋め尽くせる。電話で言ってた『メッセージ』は〈ニセモノどもが、わたしたちを奪うな〉のこと。ちなみに観月さんは、あの地下スペースの鍵の隠し場所も、私たちといっしょに訪れた時に知ったしね。

　でも、どれも憶測だって言われたら、その域を出ないよね。私も、そうだったら良いなと思った。だから、『チワワを救った少年』の名前を調べた。これが、私にとって、観月さんが傷の会じゃないかもしれないっていう、最後の砦《とりで》」

「最後の砦？　私のこと暴こうとしてるくせに、なに言ってるんですか。めちゃくちゃじゃないですか」

「だからね、優香ちゃん。琴美は、誰よりも優しいんだよ」ミアが、子守唄のようにそっと言う。「優香ちゃんが傷の会と無関係だって、証明したいんだってさ。琴美は、そうやって優香ちゃんを救いたいんだよ」

　琴美があとを引き継いだ。

「そのために図書館に行ってきた。今回の件と確実に関係している、『チワワを救った少年』の名前を知るために」

「名前が、どうしたっていうんですか」

「正確に言うと、観月さんと『チワワを救った少年』が無関係であることを見つけるため。だから、答えを見つけるんじゃなくて、答えかもしれないものが出てこなければ、それが私にとっての正解だった。つまり私の目的は、名前を探しながら、観月さんに関係のある名前を見つけないということだった。

新聞のアーカイブを漁ってきたんだ。報道規制で、三年前の事件当時の新聞に名前の記載はなかった。ネット上にも見当たらない。誰かがものすごい手間をかけて、ひとつひとつひとつ削除申請したのだと思う。傷の会がその執念でひとつひとつ申請したのかもしれない。

でも、一八年前の新聞にはあった」

「一八年前?」

「少年が生きていたら一八歳だから。私は、新聞の出生欄をしらみ潰しに調べることにした。あれって申請して掲載になる仕組みだから、もちろんそこに名前がない場合もある。でもそこに賭けてみた。正直、不思議な気分だったよ。観月さんと繫がる名前がなかったらいいのにと願いながら、事件の核心に近づいていってるかもしれないことに、めまいがする思いだった」

観月さんが唾を飲み込んだ、その音まで聞こえそうな気がした。

「事故が起きた神奈川県の新聞を中心に調べることにした。そして、ある名前を見つけた。観月一斗《かずと》くん。まだ確実なものじゃないと思ってインターネットで検索をすると、出身の中学で表彰されたことや通っていた野球教室がヒットした。そこまでわかるとあとは糸をたぐるようにして一斗くんのインスタのアカウントを見つけることができた。観月さんとの写真もあったよ。ふたりとも派手な寝癖だったり、変顔してたり、満面の笑みで自撮りしてるのが。仲が良かったんだね。亡くなったって言ってた、弟さん、だよね」

観月さんは涙を堪えているのか何度も目尻を擦ったあと、震える声でこう言った。

「それを、一斗が弟だっていうことを、否定できるわけないじゃないですか」

「……ごめんね。観月さん、弟さんのことは『そっとしておいて』って言ってたのに、こんな暴くようなことしちゃって」

「でも、でもっ、名前がわかったからってどうして、一斗と『チワワを救った少年』が繋がるっていうんです」

「もう、わかってるよね。観月さんきっと、一斗くんのインスタ見たことあるよね。彼の最後の投稿は三年前の8月7日。ランニング中に見つけたチワワの写真だった」

痛ましい事故が起きたのは三年前の8月7日。ＭＡＩＺＵとその周辺を狙ったチワワテロは、一斗くんの命日の翌日、8月8日に起きている。

観月さんは俯き、黙っていた。琴美はじっとその沈黙につきあった。

そのまま、数分が経っただろうか。ミアが「話してみなよ」と言うと、観月さんは諦めたように口を開いた。

「8月7日は、一斗の命日は、喪に服していたかったんです。月命日に、事故現場に必ず花束が置いてあるんですよね。花束を目にする度にこう思います。一斗のことを忘れてない人もいるんだな、って。でもそれって、MAIZUが話題になるものとして扱ったからじゃない？　って。とにかく、MAIZUのことが許せなかったんです。あいつは、弟の死を『美談』なんていうパッケージにしてネタにしたんです」

どこまでも、観月さんの気持ちを想像することしかできない。そのことが悔しかった。同じ目線に立ってあげることは、きっと本当にはできない。その差を埋めようとすることが、せめてもの誠実な態度だと琴美には思えた。だから聞かなくちゃいけない、と言葉を絞り出す。

「あのね……こんなこと言っていいかわからないけど、観月さんが憎むべきなのって、ひき逃げ犯じゃないのかな」

「ははっ。ははは。そうかもですね。ひき逃げの犯人が出所したら、MAIZUなんかよりもっとめちゃくちゃにしてやろうかな。でも、犯人が出所するよりも先に、私は憎しみを抱えきれなくなってしまいました。ＭＡＩＺＵのことが本当に許せなかった。一斗の死がまるでいい話みたいになって、たくさんの人がそれで感動に浸ってるって思うと、何回でも、私の中で一斗が、何回も何回も、死んじゃって」

観月さんは投げやりにこう続けた。

「ああ、私が傷の会の首謀者か、それとも傷の会に祭り上げられてるかどうかでしたっけ。あえて言うなら、両方ですかね。今年の2月頃ですかね、突然、メッセージが届いたんですよ。『私たちなら、あなたの傷に寄り添ってあげられる』って。私はこう伝えました。ＭＡＩＺＵを許せそうにない。あいつに仕返しがしたい。私のそんな思いに共感してくれる人はたくさんいました。そうして彼らと計画を練っていきました。私の復讐心を忘れないためにチワワをアイコンに掲げました。傷の会の人たちはどこまでも私を労《いたわ》ってくれて、その執念でチワワテロを起こしてくれました。私がリーダーになってじわじわとＭＡＩＺＵを追い詰めていくつもりだったけど、チワワは世間の連中に消費された。まるで一斗の死が美談になっていくのを思い出していくようで、イライラして仕方がなかったですよ。チワワフェスなんてものまで出てくるし。会場に閉じ込められてあの男の人たちがすんなり開催を断念してれば、チワワの折り紙を折る手間も省けたんですけどね。まあ、チワワフェスに関しての私たちの振る舞いは、寄り道みたいなものでした。肝心のＭＡＩＺＵは、ある程度のところまでは追い詰めることができました」

でも私、失敗しちゃったみたいです、と観月さんは言った。

「琴美さんに止められるし、私の知らないところで和解なんてされちゃったし、世間はもう、ＭＡＩＺＵへの同情ムード一色ですもん。一斗に、申し訳ないなあ」

琴美は、観月さんの話を咀嚼《そしゃく》するように頷いた。

「聞いていいかな。傷の会を使って、一斗くんのことが書かれたネット記事を削除できたのなら、どうして、一斗くんが撮ったチワワの写真は消さなかったの？　あれがあったから、辿りついたんだよ」

「だってあの写真は、一斗がその手で撮ったものだから。一斗が生きた証だから」

そう言うと、観月さんはくずおれるように屈み込んだ。

琴美は事の是非を考えるよりもまず、観月さんを慰めてあげたい気持ちに駆られたが、その役目は、ミアの方が向いていると思った。ミアなら、肯定してあげられるだろう。愛を与えてあげられるだろう。それまで琴美と観月さんのやりとりを見ていたミアが、ゆっくりと観月さんに近づいた。

「優香ちゃん、話ができて良かったね！　これでもうなにも抱え込まずに済むよ。優香ちゃんは解放されたんだ。これで、前を向いて行けるね！」

ミアがいて良かった。そう思うと、胸が痛んだ。

ミアがいて、本当に良かったのかな。

心の中でそう唱えた瞬間、怖いという思いがやって来た。

気がつくと、琴美の足は動き出していた。

ミアより早く観月さんを抱きしめた。

そうしてあげないといけない気がした。

「琴美、なにしてるの？」

ミアの表情を見ることができない。

怖い。怖い。

なぜだか、ミアを裏切っている気がする。

ミアの心地よさに、正面から逆らってしまっている。

それが、とてつもなく、ダメなことのような。

でも今は、こうしないといけないのだと思えた。

「大丈夫だよ。琴美は、そんなことしないで」

後ろから、ミアが抱きしめてくる。

ふっと力が抜けて、安心しそうになる自分がいる。

でも、それではいけない。
だって、ミアは――。

いつだったか、ミアの配信で、死ぬ前に最後に大好きと言って欲しいとコメントをしていた人のことを思い出す。十代の女の子だった。琴美の知る限り、あれから彼女は、依存を強めてしまったようにミアの配信のほとんどに現れるようになった。そして毎回、万単位の高額な投げ銭をし、〈私のこと見て〉〈もっと見て〉とミアに求め続けている。そしてミアは、必ずそれに応えてあげる。

「じーーっ。ほら、こうやって私が見てるから、しあわせでいられるよね。ふふ、君は可愛いよ」

ミアは彼女に、死ぬのをやめてどう過ごしているのかも、お金をどう工面しているのかさえ聞かない。ただ、死の縁に立って誰よりも弱い彼女の望みを満たしてあげるだけだ。

――「可愛い」

言われた方からすると、たまらなく気持ちが良い。琴美にも身に覚えがある。すべてミアに委ねてしまえたら、なにも背負わなくて済む。

でも、今ならこう思える。ミアの「可愛い」は、ダメな言葉なんだと。この言葉は、ミアは、すべてを包み込んでしまう。人の苦労も、意地悪な部分もぜんぶ。もうなにも考えないで良いと肯定してくれる。

——琴美だけはいつまでも、弱くて可愛いままでいてね。

そんなの無理だよ。

私は、ミアのおもちゃじゃなくて、ミアの友だちなんだよ。

10月25日の土曜日。待ち合わせの喫茶店へ向かおうと渋谷駅構内を足早に歩いていた琴美は、ハッと足を止めた。目の前の壁に表示されたサイネージ広告にミアが出演していた。新型スマホで動画を撮って編集したり、配信機材として使用している様子が映されている。

「大丈夫だよ。あなたのこと応援してる」と微笑みかけるミアに、何人もが立ち止まって見入っていた。

喫茶店へ着いて十分ほどすると観月さんがやってきた。

「調子はどう？」

琴美が聞くと、観月さんは小さく頷いた。あのあと観月さんは涙が止まらなくなり、話ができる状態になかったのだ。改めて傷の会のことを聞くために連絡を取ろうとしていた矢先、観月さんの方から「お礼したいことがあるのでお茶しませんか？」と連絡が来たのだった。

お礼？　なんだろう。私は観月さんの目的を邪魔したのに。

「調子はまあ……それなりです。琴美さんはどうです？　なに頼みますか？　そうだ、パンケーキ食べません？」

目の下のくまが濃く、頰がこけている。けれど観月さんは、どこか吹っ切れたような顔つきをしていた。

窓辺の席は、あたたかな秋の日差しに包まれていた。観月さんとの間に、親密な空気が流れていた。なぜだか、今回の件を通して、仲が深まったように感じる。

「今日はミアさんは来ないんですね」

「ミアがいると、観月さん話しにくいかと思って。ＬＩＮＥでも言ったけど、傷の会のこと、聞かせてくれないかな」

「わかりました。琴美さんになら、話せることはなんでも話します。

傷の会は、ある人が立ち上げたものでした。元々は違う名前の集まりなんですけど、チワワテロを起こすにあたって傷の会へと派生していきました。メンバーのみんなは優しかったです。私のことを励まして、応援してくれて、『あなたが立ち直れるように全力でサポートする』って口を揃えて言ってくれました。私は、チワワと同様、傷の会のアイコンとして祭り上げられていきました。今から思えばそうやって『弱者』っていうレッテルを貼られて、彼らの望むように扱われていただけなのかもしれません。

でも、もういいです。私はもう、傷の会に慰めてもらわなくても平気です。あの日、私はＭＡＩＺＵを殺してやろうと思ってたんですよ。でも、ちゃんと失敗した。琴美さんが止めてくれた。私と一斗のことを調べて、私の復讐をつきとめてくれた。それで救われた気がするんです。ＭＡＩＺＵのことは許せないままだけど、復讐に頼る弱さはもう私には要りません。どこまで私にできるかはわからないけど、傷の会は解散させようと思ってます」

目頭が熱くなる。

観月さんの言葉に、自分も救われたような気がした。

注文の飲み物とパンケーキが運ばれてきた。

「うわあ」

観月さんが子どものような声を上げ、おいしそうにパンケーキを口に運んでいく。

「時々さ、喫茶店めぐりとかいっしょにしようよ」

そう提案すると、「いいんですか⁉」と観月さんは顔をほころばせた。

観月さんは、しっかりして見えるけど、本当はまだ幼いところもある、普通の大学生なんだ。その幼さや観月さんの〝傷〟が利用されたのだと思うと、いたたまれない気持ちになった。

琴美は「話は戻るけど」と張り詰めた声で口にした。

「傷の会に、ミアは関わってるよね」

「それは、琴美さんにだけは、言えないです」

「それはもう、言ってるのと同じだよ」

「その人は傷の会を裏で操ってます。私も他のメンバーたちも心酔し切っていて、その人が言うことすべてに従っていました。この前のＭＡＩＺＵとの和解もその人の指示だったみたいです。私だけは寝耳に水だったけど」

「復讐を諦めて、観月さんはこれからどうするの？」

「警察に行こうと思います。でも、あの人のことは喋りません。結果的に私があの人に駒のように扱われていたのだとしても、あの人の言葉に支えられていたのは事実だから」

「そう」

「あの、ひとつ良いですか？　琴美さん、私のために、名前が見つからなければ良いっていう風に言ってくれたじゃないですか」

――一斗くんのことだ。

「でも私は、琴美さんが『チワワを救った少年』じゃない、ただの一斗を見つけてくれてうれしかった。お礼っていうのはそのことです」

ありがとうございます、という観月さんの言葉に、ただひたすら、胸を抉《えぐ》られるようだった。

「ごめんね」

こう言うしかなかった。一斗くんの死も、MAIZUがやったことも、なにも止めようがなかった。でも、観月さんのことはもっと早く助けられたかもしれない――私が、ミアを止めていれば。

私がやらなきゃいけないんだ。

私が、ミアを止めなきゃ。

店を出て、あたりを少し散策した。ゆっくり歩いている最中、観月さんはよほど気がかりなのか、「喫茶店めぐり行きましょうね」と念を押した。

「もちろんだよ！」

と琴美は笑って頷いた。

駅で別れるタイミングで、観月さんが口にした。

「そういえば琴美さんは、まだ新太さんを捜すんですか？」

「それなんだけど、観月さんのおかげで見当がついたんだ」


11月7日、金曜日。

有給を取っていたが、琴美は陽が出る前に起床し、始発で横須賀《よこすか》線のとある駅へと向かった。

事故現場は、駅から歩いて数分の十字路だった。まだ花は供えられていなかった。

駅併設の喫茶店に入り、窓際席に陣取った。開店したばかりで、店内に客はほとんどいない。目の前の通りには、朝のウォーキングや犬の散歩をする人がちらほらといるだけだった。何時間でもここで粘るつもりだ。モーニングセットを少しずつ口に運びながら、そういえば、前もこんな風に喫茶店で待ち伏せをしたなと考える。

あの時はミアがいっしょだった。大学時代の花火大会のことを話していたら、彼によく似た後ろ姿を見つけたんだった。それから、たくさんの犬がやってきて、ミアは楽しそうだった。たった二か月ほど前のことだというのに、懐かしい。

それは、私が変わったからだろうか。

あの頃のように、彼女に甘える私のままの方が楽なのかもしれない。

でも、もう戻ることはできなかった。

これから私とミアがどうなっていくのか。私はミアとどうなっていきたいのか。考えてもすぐに答えは出ない。

まずは、私たちの探偵ごっこにケリをつけよう。


彼が現れたのは10時前だった。駅のロータリーで、花束を抱えて信号が変わるのを待っていた。琴美は急いで会計を済ませると、お釣りも受け取らずに喫茶店を出る。ここに来たら会えるかもと予想していたものの、いざ目の前に現れると、現実味がなかった。すぐには声をかけず、彼が十字路に花束を置いて手を合わせ終わるまで、そばで待っていた。

「おひさしぶりです」

琴美が声をかけると、ふり返った三枝新太は悲しげな顔を見せた。

「琴美さん……」

「少し、痩せましたか」

新太は無精髭を生やし、ジーンズに黒いセーターという格好だった。

「隠し撮り？　あいつ、なに考えてんだ」

した。そしたら、隠し撮りされたみたいで」

「新太さんのこと捜してたんです。その過程でＭＡＩＺＵに会うことになって、家に行きました。

公園のベンチに腰掛けると、新太は「ＭＡＩＺＵの動画に出てましたよね」と切り出した。

新太さんの歩くスピードってこうだったなと思うけれど、どうしても、彼と歩幅が合わない。

新太は琴美の問いには答えず、「そこの公園に行きましょう」と足早に歩き出した。新太

よそしく呼んでいることも。

胸が詰まる――好きだった人の過去を暴くのも、新太さんのことを「あなた」なんてよそ

年前のその日、ひき逃げの現場を撮影して、ＭＡＩＺＵに提供したんですよね」

ワのピンバッジをつけられた日。新太さんは、『８月７日』から逃げたんだ。あなたは、三

「８月７日。この日付で繋がりました。観月一斗くんの命日と、新太さんひとりだけがチワ

新太は動揺しているというより、覚悟しているようだった。

「ここにいるっていうことは、もうぜんぶ知ってるんですね」

私たち、なにを話してきたっけ？

聞きたいと願っていた声だった。でも、ここから、なにを話そう。

「僕のこと、見つけて欲しくなかったな」

「やっぱり、新太さんはＭＡＩＺＵと知り合いなんですね」

ためらうような沈黙が訪れた。

「話してくださいよ。私は、聞いてあげることしかできないかもしれないけど。ほら、いつか新太さん言ってくれたじゃないですか。自分なりにちゃんと聞いてあげられたなら、それがベストなのかもしれない、って。私なりに、新太さんの話を聞きますから。私のこと、ベストな私にさせてください」

「それ、すごいワガママじゃないですか」

「ええ。ワガママです」

「琴美さん、変わりましたね」

「え？」

「なんというか、たくましくなったような」

「図太くなったの間違いじゃないですか？」

新太は虚しく笑った。それからため息を吐き、「いつのことから話しましょうか」と遠くを見つめた。

「子どもの頃、僕は体が弱くて、そのせいで虐《いじ》められることなんかもあったんです。今でも時々思い出します」

　新太は、セーターの襟を下にずらし、胸元を軽く見せた。右の鎖骨のつけ根に、赤茶けた痣《あざ》がある。

「小学三年生の時、ブランコから飛び降りてどこまで遠くに着地できるかっていう遊びが流行ったんです。僕は体調のせいで参加できなくて、そばで見ているだけだった。それが一部の男子の癪に障ったんです。僕はブランコに乗せられ、背中を押され、飛ぶことを強要されて、結果がこれです。尖った石に胸元を抉られた。その場にいた連中は、大人たちに僕の怪我を事故だと説明しました。新太が自分から飛んだだけだって。あの時僕が、無理やり飛ばされたんだ、って主張できてたら、未来は変わってたのかもしれない。いや、そもそも、あいつらさえ生まれてこなかったら」

　新太の眉間に深く皺が寄り、睨むような目つきになった。新太がこんな風に感情を出すところを琴美は初めて目撃した。

「ダメですね。まだ憎しみが残ってる。でもこれでなんとなくわかったでしょう？　僕がどうしてＭＡＩＺＵに夢中になったのか。ＭＡＩＺＵは、人に迷惑をかける奴を晒して裁いてくれる。僕がずっと望んでいたのはこれなんだ、そう思いました。五年前のＭＡＩＺＵの活動初期から欠かさず動画を見て、切り抜き動画を作ったりもしました。迷惑行為をする奴らへの歯に衣着せぬ物言いだったり、コメント欄に溢れる〈許すな〉という言葉に、スッと心が凪《な》いでいく自分がいたんです。ＭＡＩＺＵがいれば僕は大丈夫。そんな気がしていました。彼は、僕の心を支えてくれたんです」

「新太さんがＭＡＩＺＵに支えられた？」

「あんまり想像つかないでしょ。でも、事実なんですよ」

「三年前のこと、話してくれますか？」

「ええ。三年前の、8月7日。午前5時頃、同僚と朝まで呑んだあとのことでした。酔いながら人通りの少ない駅前をふらふらと歩いていた。目の前に一匹のチワワがいたんです。首輪をしていたから、家から脱走したんだと思う。可愛いなと思って僕はなんの気なしにカメラを回した。ランニング途中らしき男の子もチワワを見てスマホを構えていた。しばらくそうしていると、チワワは突然、車道に飛び出してしまった。あっ！　と思った時には、もうそれは起きていました。

チワワを助けようとした男の子が、車の前に倒れていました。車から降りてきた中年の男は男の子の容体を確かめると、慌てた様子で去っていった。僕は身動きも取れずにいました。チワワは男の子の腕の中で震えながら、彼の顔をちろちろと舐めていました。僕は、こう思ったんです。この場面を送ったら、ＭＡＩＺＵがよろこんでくれると。

それに、救急車を呼んでる人はいたんですよ。向こうの歩道で、ジョギング途中のおばさんが携帯を耳にあてていた――いや、言い訳はやめておきます。僕は、夢中で撮影した。目の前で起きたひき逃げ事故に興奮したんだ。もしあの時、僕がかけ寄って、なんらかの応急処置を施していたら、男の子は助かったかもしれないのに」

大きな雲が通った。新太の顔に影が落ちて、また明るくなった時には彼は涙目になっていた。

「そのあとに男の子が『チワワを救った少年』として話題になったことと、ＭＡＩＺＵが炎上したことは知ってますよね。ＭＡＩＺＵが世間から非難されて初めて、自分がやっちゃいけないことをやったんだと気がついた。僕に勇気があれば、名乗り出るなりしたと思う。僕は、どうしようもない人間だった。自分の人生や人間関係から逃げて、生活を変えることしかできなかった。ルーティーンを拵《こしら》えて、そこからはみ出ないようにした。そうすると、自分を律しているつもりになれて、安心できたんです。

ＭＡＩＺＵとは連絡を取っていました。僕らはファンと推しの関係を超え、共犯関係になっていたから。でも僕が自分の世界に閉じ籠もって枯れたようになっていくのとは逆に、ＭＡＩＺＵは開き直るように過激になっていった。もう、ＭＡＩＺＵに夢中になれていたあの頃の僕はいない。ひとりで大丈夫な僕になろうとしたんだ。

　僕はじっと、自分を律するように一年、二年と過ごした。けれど、魔が差してしまった。琴美さんと出会ってしまった。あなたとの日々は、楽しかった。僕は、ひとりはもうやめにしてもいいかもしれないなんて思うようになった」

　新太は痣のあたりを引っ掻くように触った。

「そして8月7日がやって来た。シャツの袖についたチワワのピンバッジを見つけた時はゾッとしましたよ。初めはMAIZUのイタズラかと考えました。でも、いくらあいつでも、あの事故を茶化すような真似はしない。琴美さんから他の人間にもピンバッジがつけられていたと聞いて、なにか僕にとって致命的なことが起きているんだと思った。それがなにかはわからないけど、僕は逃げてしまった。いや、正体がわからないからこそ、僕は再び、逃げるしかなかった。結局僕は、ダメなままだったんだ」

「私、新太さんに対しての自分の気持ちが、わからなくなってたんです。いなくなったあと、いっそのこと嫌いになりたいと思ったり、会うのが怖くなったり、やっぱり好きだと思ったり。でも今は、『つらかったですよね』なんて気軽に言えない」

　観月さんのことを考えると、そんなことは言えない。

「ねえ、新太さん。これだって、そうあってほしいっていう私のワガママだけど、新太さんは、もう逃げなくて良いんじゃないかな。こうやって毎月お花を供えて、向き合う準備はもう、できてるんだよ」

「……ありがとう」

それから新太は、何度か自分の気持ちを確かめるように頷いた。

「どういう償いができるか、探してみようと思う。いつか僕がケジメをつけたら、その時はまた、僕の話を聞いてくれますか」

ケジメなんて、つけられるものだろうか。

それでも琴美は頷いた。

新太は微笑み、公園をあとにする。

もう新太と会うことはない気がして、琴美は涙が溢れないよう上を向いた。


「どうもありがとうございました。失礼します」

琴美はエレベーターに乗り込むと、大きなため息を吐いた。

心機一転、新しい生活に切り替えようと転職活動をしていた。面接官に好印象を与えられただろうかと心配で胃が痛かった。普段は、自分がストレスをかける側だというのに。思い悩んでも今さらどうなるわけでもない。あとは、年明けになると言われた合否連絡を待つだけだ。ビルの外に出ると、師走《しわす》の寒さで息が白くなる。クリスマスが過ぎ、街は年末ムードとなっていた。

新宿東口にそびえるビルを見上げると、化粧品の巨大広告が掲げられていた。

真っ赤な口紅を塗ったミアの顔と、ミアをモデルにしたイラストが並んでいた。例のイラストレーターとコラボし、化粧品会社のイメージキャラクターに起用されているのだった。

広告の写真を撮ったが、それをミアに送るのはためらわれた。ミアとは微妙な関係が続いている。肝心な部分に触れるのを避けるような、ピリピリとした空気が漂っていた。

突然、広告の隣の大型ビジョンに、にっこりと微笑むミアの顔がアップで現れた。

ミアがMCを務める新世代討論番組、その生放送特番が映し出されていた。

番組には、いつだったかワイドショーで見た益野という社会学者も出演しており、〈チワワテロ〉に端を発する一連の現象についての持論を語った。

「今の時代、強者は叩かれるべき存在なんですよ。だから誰もがチワワのように弱い存在になりたがっているんです」

さらにはそれを現代社会が抱える病理、チワワ・シンドロームだとまで言い放った。

益野の言葉を受けて、ミアが妖しい目つきで話しはじめる。

「チワワ・シンドロームかー、うまいこと言いますね。でも〝弱く〟なりたいと思うのって、そんなに悪いことですか？　変なことですか？　当たり前のことなんじゃないですか？」

そしてカメラ目線で、出演者だけでなく、視聴者の心をも見透かすようにこう言うのだった。

「みなさんも、〝弱く〟なりたいと思ったこと、ありませんか？　誰だって、自分のことは大事ですもんね。私は、そんなあなたのことを応援します。だって、精一杯生きていて、可愛いじゃないですか。大丈夫、私があなたを肯定してあげます。あなたの弱さを包み込んであげます。私があなたを、愛してあげます」

スタジオの観覧客がうっとりした表情でこれでもかと手を打ち鳴らす姿が映し出される。

配信で見たラブアワとそっくりの光景だったが、今度は、もっと規模が大きい。画面の中だけでなく、大型ビジョンを見上げる人たちも、ミアという存在に感動していた。堪えきれずミアの名を叫ぶ人もいる。ミアの言葉は、今や日本中に届いているのだ。Xを確認すると、〈ミア〉と〈チワワ・シンドローム〉が、並んでトレンドになっていた。ものすごい速度で拡散されている。増え続ける数字、鳴り止まない拍手。悪い夢でも見ているようだった。まるで自分ひとりが、ミアを恐ろしいと思っているかのような。

アップで映るミアを、じっと見つめた。

ミアと、ちゃんと話をしなきゃいけない。

例年以上に冷え込む大晦日《おおみそか》だった。

琴美は膝丈まであるコートを着込んで会場に向かった。夏に花火大会が開かれた球場で、年越しカウントダウン花火が打ち上げられる。

23時前に、球場の最寄りの駅前に集合した。ミアは上下黒のジャージにダウンジャケットを羽織っていた。

ミアは琴美を見つけるなり、「琴美、大丈夫⁉」と声を上げ、勢いよく抱きしめた。

球場へ向かう人たちが何事かとこちらを見る。その中の何人かはミアだと気づいてスマホをこちらへ向ける。まぶしいフラッシュとシャッター音に琴美は身を固くした。MAIZUの隠し撮り動画のあとから、不意の視線に襲われるようになった。最初はミアを狙ったパパラッチだろうかと思ったが、そうではなかった。三日前にマンションの郵便受けに、〈ミアさんだけじゃなくて、あなたのファンにもなろうかな〉と書かれたチラシが投函されていたのだ。

「私がもっと注意深く琴美のことを見ていたら、こんなことにはならなかった」

ＭＡＩＺＵのせいだ、あいつのせいで琴美が、とミアは呟くと、こう続けた。

「琴美のことは私が守るから。琴美はそのままでいてね」

そのままでって、弱くて、可愛いまま？

面と向かってそう言おうかためらっていると、ミアは琴美を励ますように笑った。

「私、琴美といると元気出る。ずっといっしょにいられたら、良いよね」

琴美は曖昧に頷いた。

友だちとして、ずっといっしょに、いられたら良いなとは思う。でも――。

球場の周りにはたくさんの人が集まっていた。賑やかな中にも、大晦日の厳かな雰囲気が漂っている。

「お腹空いてない？　花火上がるまでになにか食べとこうよ。私行ってくるから琴美はここで待ってて」

琴美が返事をする間もなく、ミアは出店の方へと消えていった。

どうしてわざわざひとりで、と思いながら、ＳＮＳで紅白歌合戦の実況をチェックしたり、人の群れを眺めたりしてミアを待った。

だんだん手持ち無沙汰になり、体が冷え切っていく。ミアが出店に向かってから、四十分も経っていた。いくらなんでも遅過ぎない？　新太がいなくなった夏の花火大会のことを思い出す。ミアも私の前からいなくなってしまうんじゃないかと不安が膨らみ、メッセージを打ち込んでいると、「お待たせ」と言ってミアが戻ってきた。

「遅くなっちゃったね。あ、飲み物忘れちゃった」

走って戻ってきたのか、汗ばんでいる。琴美が「心配したよ」と言うと、ミアは、「じゃーん！」と手に持ったポップコーンを見せてくる。

ポップコーンの容器には、野球ユニフォームを着てふりかぶっているミアの立ち姿がプリントされていた。

「えっ。なにこれ」

「コラボメニュー」

「えー、すごっ」

「しかもボイスつきなんだよ。真ん中を押し込んでみ？」

言われた通りにすると、容器からミアの声が流れた。

〈あなたは寂しくないよ。ひとりじゃない。いつも私がそばにいるよ〉

「すごい。疲れてる時はこういうの……じんときちゃうだろうね」

「これを琴美に見せたくてひとりで買いに行ったんだけど、列に並んでる時にファンの人に気づかれちゃって、対応してたら遅くなっちゃった」

年が明けるまであと三十分だった。

ポケットの中でスマホが震えた。

「え？」

「どした」

「ＭＡＩＺＵからメッセージ来てるんだけど」

ミアにも見えるようにメッセージを開いた。

一枚の写真が添付されていた。琴美は息を呑む。

手足を縛られ、地面に伏せている男が映っていた。

そこは暗い森のような場所で、「く」の字になって横たわる男の姿がフラッシュで照らされている。その顔を拡大してよくよく見ると、ＭＡＩＺＵ本人だった。

メッセージには、〈ミアとふたりだけで来い〉と書かれていた。

「なに、これ。ＭＡＩＺＵが襲われたってこと？」

どうしよう、と呟きながらも頭の一部は冷静で、なにか手がかりが潜んでいないだろうかと写真をつぶさに眺めた。

手は腹の前で結束バンドかなにかで括《くく》られていた。写真では怪我の有無は確認できないが、目は閉じられていて、気絶しているようにも見受けられる。

「なんだろうね、これ」

ミアが、写真の右上のあたりを指さした。横たわるＭＡＩＺＵの向こうの薄闇に、ピンボケしたなにかが、青っぽいもやのようになって見切れていた。

「これ？」

もやを見つめる。見覚えのあるものだった。

これは、私に与えられたヒントだ、と思う。

琴美はミアの手を引っ張り、球場に隣接した公園まで駆けていった。

公園には、球団マスコットのカワウソの立像がある。

普段はフォトスポットとして人気の場所だが、ここからだと花火が見えないのか人影はない。

琴美は写真のもやと、カワウソの銅像を見比べてみる。

「きっとこのあたりだ。捜そう」

台座の後ろに位置する茂みを覗き込む。

人が、倒れていた。

茂みを掻き分け、ＭＡＩＺＵのもとへ近寄った。

「大丈夫？」と聞くが、返事はない。

首に内出血のような痕《あと》があった。

他に怪我はないかと触れてみると、手がじっとりと濡れた。

スマホのライトで照らすと、ズボンに破れ目があり、右の太ももから赤黒い液体が滲み出ていた。

「血だ」

刺されたのだろうか。

観月さんの顔が咄嗟《とっさ》に浮かんだが、違う、と琴美は頭を振る。観月さんはもう、こんなことはしない。

ミアを見ると、ＭＡＩＺＵのそばにしゃがみ込み、頬を勢いよく叩いていた。

「おい。おい。起きろよ」

「ちょっとミア、なにしてんの」

かはぁー、とＭＡＩＺＵが深く息を吸い込み、苦しげに咳き込んだ。

琴美は人を呼びに駆けていった。

ふり返ると、ミアがＭＡＩＺＵの耳元でなにか囁いていた。

ＭＡＩＺＵは意識を取り戻したが、ショックを受けているのか言葉を発せられる状態ではないようだった。球場のスタッフたちが彼を医務室へと運んでいくと、琴美は呆然としながらも公園の水道で執拗に手を洗った。ミアが、後ろに立って「花火楽しみだね」と言う。そのあっけらかんとした様子にギョッとしたが、ミアに聞くことがあった。ミアに話すことがあった。ミアと、話し合うことがあった——最後に、ミアと花火が見たいと思った。

球場へ引き返すと、年越しまであと十分もなかった。外野席が花火の観覧のために開放されていたが、もう満員だ。人混みに揉まれながらなんとか歩を進め、立ち見エリアの柵にもたれかかった。

チアガールやカワウソの着ぐるみがグラウンドでパフォーマンスしているのを、泣きそうになりながら眺める。

ミアに、なにも言いたくなかった。

話をしてしまえば、ずっといっしょにはいられないかもしれない。

そんなの嫌だ。

でも、私がミアに言ってあげるべきなんだ。

私しかミアを止められないんだ。

「ねえ、ミア」

「なに?」

「ミアがポップコーン買いに行った時、ファンと話してたっていうの、嘘だよね。四十分あればできるよね。ＭＡＩＺＵを襲ってあの場所に運んでから、列に並んでポップコーンを買ってくる。メッセージはＭＡＩＺＵを気絶させたあと、彼のスマホを使って予約送信でもすればいい」

自分でも、声が震えているのがわかった。

「うーーん。半分正解ってところかな」

ミアは、琴美に言われることを予想していたかのように微笑んだ。

「ＭＡＩＺＵを襲ったところまでは合ってる。でも、移動させるのに思ったより時間かかっちゃった。列に並んでたら流石に遅くて怪しまれちゃいそうだから、ポップコーンを買ったばかりのファンの人に自分から声をかけた。握手とサインをしてあげたら、快くポップコーンを譲ってくれたよ」

「そこまでしておいて、私にあの場所がわかるようにヒントを与えたのはどうして」

「命まで奪うつもりはないからね。あいつが発見されるようにはしておきたかった」

「もし私が気づかなかったら、どうしてた」

「琴美なら気づくよ」

「そうか。ミアの目的は、MAIZUを襲うことよりも、助けることだったんだ」

「ふむふむ。それで?」

「ミアは、彼を助けて命の恩人になることで、彼の心につけ入りたかった。恐怖を与えたあとで優しい言葉を囁いて、MAIZUを思い通りにしたかった」

「惜しいね。優しく、じゃない。私はこう言ったの、『琴美を危ない目に遭わせたら、殺すよ』」

「え?」

「どうしてMAIZUが私とのコラボを執拗に望んでたかわかる?」

「それは、ミアのファンだから」

「違うんだよ。まあファンではあるけど」

ミアはくすくすと笑った。

「ナイフを突きつけて聞いたら、素直に教えてくれたよ。あいつ、私がコラボを断ることまで見越して、最初から隠し撮りの映像をアップするつもりだったんだよ。そうすることで私に自分の方が上だってアピールしたかったんだって。私を出し抜くなんて無理に決まってるのにね」

「上? いったいなんの」

「まあ続きを聞いてよ。私だってさ、ＭＡＩＺＵに洗いざらい吐かせるまでは、直接危害を加えるつもりはなかったんだよ？」

完全にミアのペースだった。そのことに恐ろしさを覚えながらも、琴美は「どういうこと」と聞かざるを得ない。

「琴美の家に届いたあのチラシはＭＡＩＺＵの差し金だった。琴美を危険に晒すことで、私を脅かしたかったんだって。意外と頭回るよね。琴美が私の弱みだって、ちゃんと理解してる。でもそんなのさあ、もうダメじゃん。ついカッとなって刺しちゃっても、しょうがないよね。あーあ。ここまできちんとやってきたのになあ。自分で手を下したのは初めてだよ」

「しょうがないって、なに言ってるの？」

「わからない？　私、琴美のことが大事なんだよ」

ミアは琴美の頰を両手で押さえ、まっすぐに見つめてくる。

言葉が喉の奥でつっかえる。ミアの目を見ていると、彼女に悪事を白状させている自分の方が、悪いような気がしてくる。

悪い、い、い、いいような気がしてくる？

琴美の頭の中で引っかかっていたものが、明るみへと転がり出た。

「それも、そうだったんだ。そうだよね。悪いと思わせなきゃ」

「琴美？」

「ずっと違和感があったんだ。傷の会の声明のあの動画、おかしいんだよ」

順序を間違えないよう、頭の中を整理しながら語った。

「傷の会は、ＭＡＩＺＵにめちゃくちゃにされた、ある弱さ、ある傷があると言った。でも、どう『めちゃくちゃにされた』のか、具体的なことをひとつも話さなかった。その不自然さが、ずっと引っかかってた。ＭＡＩＺＵがひどいことをしたのなら、その詳細を明らかにする方が世間は味方についてくれるよね。一連の事件は、傷の会が観月さんを祭り上げて行った復讐なんだから、世間のＭＡＩＺＵへのイメージを操作したいはず」

観月さんの名が出ても、ミアは眉ひとつ動かさない。やっぱり、と琴美は決意を固める。

「詳細を語らないことでなにが起きるか。それは、傷の会が必要以上に被害者にならないということ。けどそれって、ＭＡＩＺＵ側の論理なんだよ。傷の会を被害者ではなくその反対、加害者にしておきたいのは誰なのか。それはやっぱり、ＭＡＩＺＵだ。言い換えるとＭＡＩＺＵは、弱い立場になりたかった。そうすることで同情を得て、評判を回復したかったのかもしれない。ＭＡＩＺＵは、弱くなりたかったんだ」

「弱く、ねえ」

「つまり、一連の事件は、本当は観月さんと傷の会が起こしたわけじゃない。その後ろで、

ＭＡＩＺＵと他の誰かが糸を引いてたんだよ」

「どうして他に誰かいると思うわけ。ＭＡＩＺＵがひとりで計画したのかもしれないじゃん」

「ＭＡＩＺＵがその誰かに、メンバーシップ会員の名簿を流したんだ。だから傷の会はチワワテロを起こすことができた。それに、観月さんが教えてくれたんだ。傷の会は、ある集団から派生してできたものだって。それって、ラブアワだよね。ラブアワから生まれた傷の会を、ミアが操っていたんでしょ？　そうすることでＭＡＩＺＵとマッチポンプを作り上げて、ＭＡＩＺＵへの世間の印象を操っていた」

自分が言っていることが、ぜんぶ間違いだったらいいのに。

場内にアナウンスが響いた。

「さあみなさま、いよいよ、新しい年まであと一分となりました」

観覧客たちがカウントダウンをはじめる。なにもかもかき消すような凄まじい声量。ミアは、琴美のことをじっと見つめていた。長い長い一分だった。違うと言って欲しかった。否定して欲しかった。そうすればまだ私たちは、いっしょにいられるかもしれない。

――３・２・１……０！

花火が打ち上げられた。

「琴美、明けましておめでとう。今年もよろしくね」

そして彼女は微笑んだ。

「そうだよ。ぜんぶ、私がＭＡＩＺＵから依頼を受けて仕組んだこと」

「打ち上げ花火見るのって、ひさしぶりだな。ずっと前に琴美と見て以来かも。懐かしいなあ」

「ミア、どうして」

「うーん。おもしろそうだったんだよね。ＭＡＩＺＵから計画の相談を受けたのが今年――ああ、もう去年か――去年の初めだったんだよね。ＭＡＩＺＵはこう言ってた。『普通に戻りたいだけなんだ。これまでのイメージを払拭したい。そのためには弱さを演出するのが手っ取り早いと思うんだけど、あんた、協力してくれないか』って。まあ、自分でも、私ならなんとかできそうだなって思ったけど」

子どものように無邪気に喋り続けるミアに、琴美は寒気を覚えた。

「でもまあどうしようかなって返事を保留にしてたんだけど、ラブアワにやって来てくれた優香ちゃんが、ＭＡＩＺＵに強い恨みを持ってた。優香ちゃんを焚《た》きつけたらなんとかなりそうだったんだよね。ラブアワのみんなは私のことが大好きだから、『傷だらけの優香ちゃんを助けてあげようよ』って言ったら、すぐに傷の会として立ち上がってくれた。もちろん、私がＭＡＩＺＵと繋がってることは内緒だったよ。目標はある程度達成できた。世間の印象を誘導して、ＭＡＩＺＵは充分〝弱く〟なることができた。もう計画を終えて良い。あいつも私もそう判断して、和解の状況を作り出した。そのことで、なにも知らない優香ちゃんは怒ってたんだ。あの子のこと、責めないであげてね」

「観月さんは、ミアのことずっと黙ってたよ。最後までミアのこと庇《かば》おうとしてたよ」

「そう」

ミアは、痛々しく爛れたままの右手の甲を琴美に見せ、ひらひらと振った。

「人のこと慰めたり、肯定してあげたり、そういうの簡単にできちゃう。人が望んでいるものを与えてあげることができる。琴美のおかげだよ？　琴美がすぐによろこんでくれるから、私、なんでもできるようになった。でも、ある時ふと思った。琴美の笑顔以外に、私の望んでいるものってなんだろうって。考えてもわからなかった。でも、望まないものはわかった。それはなによりも、つまらない状況のこと。だから今回の話に乗ったけど、微妙だったね。結局みんな、思い通りに動いてくれた。私自身それを楽しんでるところもあったけど、うーん、予想の範囲内だったな」

「予想の範囲内？」

「うん」

ミアが、まるで高みから試すような瞳で見つめてくる。

そうだ。私はこれまで、ミアの手のひらの上にいた。

だから――

「この状況も、ミアが用意したものなんだね」

ミアは目を輝かせ、「それから？」と促した。

「……本当はミアは、私にわかって欲しかった。ミアが黒幕だって、ミアは退屈してるんだって。だからミアは、私のそばにいて核心に近づいていくよう誘導したし、さっきだって、ＭＡＩＺＵを襲うなんてリスクを冒した」

「どうして琴美なんだと思う？」

「私が、ミアの親友だから」

「大正解。私さあ、これをはじめて良かったことがひとつだけあるよ。なんだと思う？　琴美のことが大好きなんだって、改めてそう気づいた。私はね、みんなのことを可愛いって思うことができる。愛することができる。でも、琴美は特別。琴美のことがいちばん可愛い」

あーでも、とミアは呟く。

「三枝新太が琴美と接近したのはびっくりしたなあ。最初は、ＭＡＩＺＵが私に探りを入れるために遣わしたのかとか思ってたんだけど、まさかふたりが偶然出会うなんてね。ひき逃げ現場を撮影したのは琴美の追ってる男なんだよ、って優香ちゃんに教えてあげようかなと何度も考えた。教えてあげて、三枝新太のことも標的にできたら、優香ちゃんの気が晴れるかもって。でも私、黙っておいてあげた。なんでだと思う？　私にはやっぱり、優香ちゃんより琴美の方が大事だから。三枝新太が危ない目に遭って、琴美が悲しむのは避けたかった」

「じゃあ、なんで新太さんにチワワのピンバッジつけたの？　あれもミアの仕業だよね」

「ああ、それは、警告だよ。三枝新太が三年前と同じように、周りの人間と縁を切れば良いと思ってね。そのへんのことはＭＡＩＺＵから聞いてたし。私、琴美のしあわせを願ってるんだ。あいつに琴美の前からいなくなって欲しかった」

「新太さんがいなくなって私がショック受けてたの、ミア知ってるじゃん」

「ひき逃げを撮影した男とつきあうなんて、琴美のためにならないでしょ？　彼のしたことは今後も彼につきまとってくるよ。三枝新太といっしょにいれば、琴美だってそれに巻き込まれるはめになる。そんなの、琴美は嫌でしょ？　琴美には私しかいないし、私は可愛い琴美に傷ついて欲しくなかった。だから彼が琴美の前から消えたあと、私は琴美に近づいた。彼の行方を調べていく中でどう琴美が傷ついちゃうかわからないから、そばで見守っておきたかった。その過程で探偵ごっこみたいになっちゃったけど、けっこう楽しかったな」

「それって、私の問題じゃん。ミアには関係がないことだよ。傷つく権利は私のものだよ」

「傷つく権利？　へえー。琴美、そんなこと言うようになったんだ。私がいないとダメなのかと思ってたけど、変わっちゃったね。もう、私の知ってる、可愛い琴美じゃなくなっちゃったのかな」

「ミアのおかげだよ。ミアといっしょに、新太さんを捜して、事件のことを調べたから。ミアといっしょにいることで、ミアの怖さに気づけたから、私は変われたんだ」

「怖い？　そうか。私、怖いか。ふふ。やっぱり琴美は変わった。強くなったね」

「『強い』とか『弱い』とかじゃない。もちろん『可愛い』でもない。そんなのに頼らなくても私はもう大丈夫。私は私なんだよ。ただの私として、ちゃんとミアのことが好きだよ」

思いをぶつけると、ミアは動揺したように目を泳がせた。琴美は続けて口にする。

「チワワ・シンドローム」

「え？」

「みんな弱くなりたいと思ってる。弱さを利用しようとしてると言ってもいいかもしれない」

「それがなに？」

「一斗くんがチワワを助けたことをＭＡＩＺＵが美談にした。観月さんはそれが許せなかった。傷の会は弱い立場の観月さんを持ち上げようとした。ＭＡＩＺＵは弱くなりたかった。みんな、弱さにふり回されてる。でも、いちばん踊らされてるのは、ミアだよ」

「琴美にそれを言われちゃうかあ」

ミアは笑った。琴美がこれまで見てきた中で、いちばんの笑顔だった。

特段大きな花火が上がって、ミアの横顔が光に照らされた。

ミアは、名残を惜しむような顔で琴美を見つめた。

「友だちなんていらないと思ってた。

私は恵まれていた。私には裕福でやさしい両親がいた。美人だねってよく言われた。みんな大切に扱ってくれた。足りないものはなかった。高校生になるとたくさん告白された。クラスメイトがずっと狙ってたサッカー部のキャプテン。もう彼女がいるのに誘いをかけてきた人。そういうのが続くとどうなると思う？　悪いのは私ってことになった。人の男に手出してんじゃねえ。××の気持ち考えたことあるのって女子たちに囲まれた。気持ち？　わかりたいなと思った。たくさん本を読んだ。高校生には難しい論文も読んだ。私、人の気持ちがわかったよ？　クラスメイトにそう言っても、もう遅かった。いつの間にか、私はひとりきりになっていた。

父の仕事の都合で転校することになった。どうせこいつらもいっしょだと思った。今度は進んで、自分から孤立する道を選んだ。

そんな時に琴美と出会ったんだ。琴美はよくあるような失恋で人生が終わったみたいに病んでいて、可愛いって思った。

そうか、私も、こうすれば良かったなあって。弱さを出していれば、嫌われずに済んでいたのかな。

でも私は、弱くなれなかった。強いままだった。だから、弱い人たちの可愛さを守ってあげようと思ったんだ。そうすれば私は孤独じゃない。

琴美にはずっと、弱いままでいて欲しかったな。でも、もう琴美は変わったんだね。ひとりで大丈夫なんだね」

最後の花火が打ち上がった。観覧客たちは、余韻を味わいながら会場をあとにしていった。やがて誰もがいなくなったあとも、ふたりはそこに立ったままだった。

「ミアは馬鹿だよ。大馬鹿だ」

「ねえ琴美。どうしてそんなに、悲しい顔してるの？」

「サイレンの音、聞こえない？」

「ああ、ＭＡＩＺＵが私のこと通報したんだろうね」

「これも、ミアの計算のうち？」

「どうだろうね。どっちにしろ、琴美にここまで話した以上、自首するつもりだった」

ミアが、私の前からいなくなる。覚悟していたはずなのに、胸が潰れそうになる。

「ミアは、私の光だったよ」

「『だった』って、今は違うんだ」

「私、思うよ？　ミアは、ミアから解放されても良いんだよって」

「どういう意味？」

「ミアは、いろんな人のことを支えてる。ううん、支配してる。それって、いろんな人がミアに甘えてるってことなんだ。ミアにはそんな意識ないかもしれないけど、ミアはミアであることで、たくさんの人のことを背負ってる。そこから、自由になってもいいんじゃないかな」

ひらめきを得たように、ミアの目が見開かれた。口元はうっすらと微笑んでいた。

「そうか。私、そうなのかな。だから私は、琴美を選んだのかな。琴美なら、私を『ミア』から解放してくれるって」

「私も、ミアに頼ってばかりいたんだってようやくわかった。でも、今はそうじゃない。私は、ただのミアの友だち。ただのミアの親友。だから、いくらでもいっしょに傷つくよ」

「ありがとね」

ミアはそう呟き、パトカーの到着した出口へと向かう。

「今度は私が変わる番だから。琴美、しっかり生きてね」

琴美は、涙がこぼれないように顔を上げた。それから、ミアをまっすぐに見つめて無理に明るい顔を作った。

「ミア！ 私、ミアと過ごしたこの四か月、いろいろあったけど、ミアといられて良かった。またいつか、今度はなんてことないただの親友として、いっしょにいよう。これは、約束だよ！ 私たちの約束だから」

ミアは琴美の方へふり返り、後ろ歩きしながら、「またいつか、ね」と笑った。

初出
別冊文藝春秋
二〇二三年 五月号・七月号・九月号

装画　釣部東京
松永昂史／渡部克哉
村上由宇麻／高橋彩基

装幀　観野良太

大前粟生（おおまえ あお）

一九九二年、兵庫県生まれ。二〇一六年、「彼女をバスタブにいれて燃やす」が「GRANTA JAPAN with 早稲田文学」の公募プロジェクトにて最優秀作に選出され小説家デビュー。二〇年刊行の『ぬいぐるみとしゃべる人はやさしい』によってジェンダー文学の新星として注目を集める。同作は二三年に英語版の刊行、金子由里奈監督による映画化を果たし、国内外に反響を広げている。二一年、『おもろい以外いらんねん』で第三八回織田作之助賞候補。二二年刊行の『きみだからさびしい』は、価値観が多様化する現代の恋愛を繊細に描いていると各メディアで話題に。他の著作に、『回転草』『柴犬二匹でサイクロン』『死んでいる私と、私みたいな人たちの声』がある。

チワワ・シンドローム

2024年1月30日　第1刷発行

著　者　大前《おおまえ》粟生《あお》

発行者　花田朋子

発行所　株式会社 文藝春秋
〒102-8008 東京都千代田区紀尾井町3-23
TEL 03(3265)1211(代)

印刷・製本・組版　萩原印刷

ISBN978-4-16-391798-6